스토리텔링 버스

스토리텔링 버스

고정욱 장편소설

특별한서재

차례

성폭력 예방 특강

"지금 이 강연장에 와 있는 학생들은 한창 피 끓는 청춘이지요? 그런데 이럴 때일수록 조심해야 합니다. 내 눈에는 딱 보여요. 저기 있는 학생들 위험해."

손을 들어 지목하는 강사의 말에 강연을 듣던 아이들은 모두 고개를 돌리며 까르르 웃었다. 아이들의 시선이 일제히 자신들에게 쏟아지자 지강과 은지는 아까부터 밀착했던 어깨를 황급히 뗐다. 동시에 보이지도 않는데 무릎 위에서 잡고 있던 손도 놓았다. 몇 아이가 소리를 질렀다.

"쟤네 사귀어요."

"맞아요. 킥킥킥!"

은지는 얼굴이 빨개졌다. 지강은 쑥스러움으로 등골에 식은

땀이 흘렀다.

"네. 저렇게 남학생과 여학생이 친하게 지내는 건 좋지요. 하지만 선을 넘으면 힘들어진다는 거 잊지 마세요. 남녀의 관계는 처음부터 끝까지 동등해야 해요."

성교육과 인권을 겸해 강연하러 온 여자 강사는 생글생글 웃으며 강연을 이끌었다.

학교에서는 늘 몇 가지 의무적인 강연을 하고 있었다. 장애 인식 개선 교육, 학교폭력 예방, 인권 교육, 독서 진흥, 작가와의 만남 등이 그것이었다. 거기에 진로 교육과 창의 교육도 생겼다. 대부분의 아이들은 그런 강연을 쉬는 시간으로 알고 있었다. 실컷 잠을 자거나 딴짓하거나 멍하니 시간을 보낼 수 있었기 때문이다.

그런데 이번에 온 강사는 조금 달랐다. 보여주는 자료부터 그랬다. 어디에서도 못 보던 신선한 것이었다. 성폭행과 언어폭력 등에 관한 이야기들을 일목요연하면서도 재미있게 해주었다. 게다가 동영상 자료도 어디서 구했는지 눈을 뗄 수 없이 역동적인 것들이었다. 지강이와 은지는 붙어 앉아 손을 꼭 잡고 강연을 들으며 상대방의 체온을 느끼다 이렇게 불시에 지적을 당한 거다.

"자, 여러분! 결론부터 얘기할게요. 특히 여학생들은 잘 들으세요. 남녀 관계는 동등해요. 평등한 거죠. 우리 사회가 남자는 남자답고 여자는 여자다워야 한다고 하는데, 남자들은 여자들을 힘이나 권력으로 제압하려고 해요. 그래놓고 사고가 나면 비겁하게 책임을 질 줄 모릅니다. 아니, 책임질 수도 없지요. 특히 청소년기에는 자칫 잘못해서 임신이라도 하게 되면 여자들에게는 열 배, 스무 배 무거운 삶의 고통이 지워집니다. 정말 조심해야 하고요. 남학생들에게도 부탁할게요. 진정으로 여학생들을 아낀다면 지켜줄 줄 알아야 됩니다. 지나친 충동을 못 이겨 여학생을 임신시키면 그다음 일은 전혀 다른 문제입니다. 동의와 책임이 중요해요. 건전하게 사귀고 절제할 줄 알아야 하는 거죠. 여러분들은 아직 여러분의 삶과 타인의 생명을 책임질 수 있는 나이가 아닙니다."

강연을 마친 강사는 질문을 받았다. 학교 일진인 진열이가 손을 들고 장난기 어린 목소리로 물었다.

"콘돔을 잘 쓰면 되잖아요?"

콘돔이라는 말에 여기저기서 여자아이들의 비명 소리가 들렸다. 강사는 눈 하나 깜짝 않고 대답했다.

"네, 하지만 그렇게 쉬운 문제가 아니에요. 그 지경까지 가는 과정이 과연 어른들처럼 성숙한가 생각해봐야 해요. 우연일 수도 있고, 한순간의 충동일 수도 있어요. 그리고 힘이나 권력으로 상대를 제압한 게 아닌가도 생각해봐야 해요. 아까도 말했지만 동의와 책임을 잊지 말아요."

강연의 결론이 그거였다. 말을 마치자 종이 울렸다. 아이들은 모두 박수를 쳤다. 여기저기서 교실로 돌아가려고 아이들이 우르르 일어나서 시청각실 뒤로 느린 듯 빠르게 빠져나갔다. 민영이가 나가면서 은지에게 미소를 지었다.

"야, 딱 걸렸어. 너희."

"걸리긴 기집애야, 뭘 걸려?"

은지는 재빨리 일어나서 민영과 팔짱을 끼고 시청각실 출구로 나아갔다. 지강이 비실비실 일어나자 같은 반 아이 하나가 어깨를 툭 쳤다.

"야, 바보야. 이런 거 걸리냐?"

"그러게."

꿈이 없는 지강이와 작가가 꿈인 은지는 서로 썸을 타는 사이다. 남녀 반이 다르지만 이렇게 합쳐서 강의를 듣거나 행사가 있을 때는 둘이 최대한 가까이 붙어 앉는다. 손을 잡는 것은 기본이고 가끔 학원을 가거나 으슥한 곳에서는 스킨십도 나눈다. 둘은 1학년 때 같은 반이었다. 그러나 그때는 서로 별다른 감정이 있지 않았다.

얼마 전, 동아리 모임인 합창부에서 소프라노인 민영이가 은지에 대해 말을 해주기 전까지는.

"은지는 불쌍해."

"왜?"

"아빠가 안 계시잖아."

"아빠가 안 계셔?"

"응. 아빠가 건설 현장 기사래."

"그게 뭔데?"

"주로 지방에 계시고 은지 혼자 학교를 다니는데 원룸 같은 곳에 사나 봐. 아빠는 가끔 올라오시고 엄마는 이혼해서 안 계신대."

그 말을 듣는 순간 지강은 동병상련을 느꼈다. 아버지와 산다는 게 어떤 것인지 지강도 조금은 안다. 세상에 대해서 어떤 불만을 갖고 있을지도 알고 있다. 그렇게 봐서인지 은지의 깔끔한 옷매무새는 왠지 건조한 것 같았다. 그건 엄마가 챙겨주는 딸의 느낌이 아니었다. 그러나 거울을 보면서 자신의 교복 역시도 엄마 없이 스스로 챙겨 입은 옷이라는 생각이 들었다. 다른 아이들은 엄마가 교복도 수시로 드라이를 맡겨주거나 두 벌을 맞춰서 갈아입으면 되는데, 지강이는 일주일에 한 번 세탁기에 넣어서 빨거나 그냥 냄새만 빼서 입고 다닐 뿐이었다.

어느 날 합창부 연습이 끝난 후에 은지가 합창부실 앞에서 민영이를 기다리고 있는 걸 보았다. 둘이 팔짱 끼고 걸어가는 뒤를 따라 터벅터벅 걷는데 민영이 고개를 돌리고 물었다.

"지강아, 너도 같이 갈래?"

"어디?"

"우리 떡볶이 먹으러 갈 건데."

"그, 그래?"

"떡볶이는 내가 사줄 수 있어."

"나도 돈 있어."

지강이는 가슴이 살짝 뛰는 걸 느꼈다. 학교 분식집에 아이들이 많을까 봐 걱정했는데 민영이가 그쪽은 쳐다보지도 않고 말했다.

"여기 맛없어. 내가 아는 데 있어."

세 아이는 상가와 번화가를 지나 초등학교 앞에 있는 떡볶이집을 찾아갔다.

"나는 초딩 입맛이거든."

정말 그 집 떡볶이는 괜찮았다. 매콤함과 달콤함, 그리고 감칠맛이 조화를 이루었다.

"너희 서로 알지?"

"응. 1학년 때 같은 반이었어."

지강이와 은지가 다니는 학교는 고1 때는 남녀 합반이다가 2학년이 되면 분반했다. 떡볶이를 먹으며 민영이와 은지는 한참 아이돌 그룹에 대해 수다를 떨었다.

"야, 사우스웨스트 그룹의 이주가 제일 잘생기지 않았냐?"

"무슨 소리야? 신도가 제일 잘생겼어."

두 아이는 남성 아이돌을 얘기했다. 지치지도 않고.

"지강아, 너는 누가 제일 잘생긴 거 같아?"

"나? 나는 잘 몰라."

"너 어떻게 아이돌 그룹도 모르냐? 합창부면 그런 거 다 알아야 되는 거 아냐?"

꼭 그런 것은 아니었다.

합창부에 들어가게 된 것은 초등학교 때 아빠와 이혼한 엄마가 음악 교사였기 때문이다. 악보를 보고 있으면 왠지 엄마가 생각이 나는 이유였다.

그날 떡볶이를 다 먹은 후 민영이는 학원을 가야 한다고 했다. 그래서 집까지 은지를 바래다주는 건 지강의 몫이 되었다. 집까지 버스를 타고 다섯 정거장을 가서 내려 걸을 때까지 은지는 아무 말도 하지 않았다. 마침내 도착한 곳은 전철역 부근의 원룸이 많이 있는 오피스텔촌이었다.

"여기 우리 집이야."

"응. 알았어."

"데려다줘서 고마워."

"아니야. 또 봐."

은지가 오피스텔로 들어가 로비에서 엘리베이터를 타고 올라갈 때까지 지강은 지켜보고 서 있었다. 걱정이 되었다. 아버지에게 들은 적이 있었다. 출장을 가서 가끔 호텔이나 찜질방에서 자면 이상한 놈들이 해괴한 짓을 한다는 말을. 그것 때문에 염려되어 발걸음을 돌릴 수가 없었다. 은지가 엘리베이터를 타고 무사히 올라간 뒤에도 한참을 멍하니 오피스텔 밖에서 입구를 쳐다보고 있는데 머리 위에서 은지의 낮은 목소리가 들렸다.

"지강아!"

고개를 들어보니 7층의 손바닥만 한 창문이 조그맣게 열리면서 은지가 손을 내밀어 흔드는 것이 보였다.

"고마워, 잘 가."

"응. 잘 있어."

지강은 돌아서서 집으로 발걸음을 옮겼다. 이상하게 가슴이 설렜다. 남자로서 역할을 다한 것만 같은 뿌듯함이 온몸을 사로잡았다. 처음 경험하는 느낌이었다.

아빠들

다음 주, 합창 연습이 끝나자 전처럼 은지가 민영이를 기다리고 있었다. 셋은 또 만났다. 일주일 전과 마찬가지로 떡볶이를 먹으러 갔다. 분위기는 훨씬 편해져 있었다. 두 아이는 여전히 아이돌 그룹과 탤런트들의 스캔들 등 연예인 이야기를 키득대며 나누었다. 지강은 여자애들이 이런 이야기로 시간을 보내는 이유를 알 수 없었다.

그날도 결국은 지강이 은지를 바래다주게 되었다. 함께 버스를 타고 가며 창밖을 내다보고 있는 은지가 지강을 쳐다보지도 않고 물었다.

"너는 집에 가는 게 좋아?"

훅 들어온 질문이었다.

"그, 글쎄?"

"나는 싫어."

"그렇구나. 나도."

집이라니 간혹 밤늦게 들어오는 아버지가 생각났다. 아버지는 화성에 있는 작은 사출 공장의 공장장이었다. 공장에 딸려 있는 숙소에서 잠자고 오는 경우가 태반이고, 집에는 가끔 일이 있을 때만 들렀다. 사내놈은 열 살만 넘으면 혼자서도 얼마든지 살아갈 수 있다고 아버지는 늘 입버릇처럼 이야기했다.

"네가 대학만 가면 아빠는 자연인이 될 거다."

아버지가 집에 오면 하는 일은 케이블 티브이에서 〈자연인〉 프로그램 재방송을 틀어놓고 보다가 잠이 드는 거였다. 〈자연인〉 프로그램은 여기저기 채널에서 밤늦은 시간에 틀어주었다. 원시인처럼 생활하는 그 프로그램이 뭐가 좋다고 보는지 알 수 없었다. 한번은 뭐든 말을 걸어보려고 물어본 적이 있었다.

"아버지가 저렇게 산속에 있으면 제가 어떻게 찾아가요?"

"찾아오긴 뭘 찾아와? 너는 네 갈 길 가는 거지."

틀린 말은 아니었지만 매몰찼다. 그렇게 얘기한다면 지강도 아버지와 헤어질 준비를 해야 하는 것이다.

버스에서 내리자마자 은지는 터덜터덜 걸었다.

"어제 엄마 친구라는 사람한테 문자가 왔어."

"너희 엄마 친구?"

"응. 최근에 엄마 만나봤냐고 물어보더라고. 그래서 엄마 만날 마음의 준비가 안 됐다고 했어."

"그랬구나."

은지가 어쩐 일로 아버지와 사는지 지강은 알지 못했다. 똑같이 은지도 지강이 아빠와 살고 있는 이유를 알지 못했다. 두 아이가 본능적으로 느낄 수 있는 것은 둘 다 외롭고 상처받은 짐승처럼 고독하다는 사실 하나뿐이었다. 이렇게 어깨를 나란히 하고 걸어가니 마음에 위안은 되었다. 초여름 바람은 선선했다. 더없이 상쾌했다. 터덜터덜 걸어 드디어 은지네 오피스텔 입구까지 왔을 때였다. 오피스텔 1층에는 편의점, 빨래방 등등이 있었는데 파라솔 아래에 앉아 형광등 빛을 받고 있던 사내가 깡소주를 들이켜다 은지를 보자 알은척을 했다.

"은지야."

고개를 돌렸더니 회색 카고바지에 공사장에서 입는 망사 조끼를 입은 사내가 바라보고 있었다. 이미 빈 병이 하나 더 테이블 위에 자리 잡고 있었다.

"아, 아빠."

은지가 당황하는 모습이 역력했다. 얼굴까지 붉어졌다.

"학교 갔다 오냐?"

"아빠, 왜 집에 안 올라가고?"

"쟤는 누구냐?"

"친구야."

"그래? 너 이리 와 봐."

은지의 아빠는 파리라도 잡듯 손짓을 했다. 지강은 주춤주춤 다가가 허리를 굽혀 인사를 했다.

"아, 안녕하세요? 이지강이라고 합니다."

"그래, 우리 딸 친구라고? 우리 은지한테 행여 히야까시 하려는 거 아냐?"

히야까시가 무슨 소린지 모르겠지만, 치근대는 거라는 의미는 느낌으로 알 수 있었다.

"······."

오금이 저려 대답을 빨리 할 수가 없었다.

"그런 거냐?"

은지가 발끈했다.

"아빠, 왜 이래? 취했어?"

"너 우리 은지한테 함부로 껄떡대면 안 돼."

은지는 당황하며 지강의 등을 떠밀었다.

"지강아, 빨리 가."

"응. 아, 안녕히 계세요."

"어린것들이 대가리에 피도 안 말라가지고······."

"아빠, 왜 이래? 술 그만 먹고 빨리 올라가."

은지가 울상이 되어서 아빠를 억지로 일으켜 세웠다.

"너, 너네 엄마처럼 그러면 죽어. 남자라는 놈들은 다 도둑놈들이란 말이야."

그 자리에 얼어붙은 듯 섰던 지강은 그 상황을 다 보고 있었다. 건설 현장에서 일하는 사람이라더니 정말 거칠다는 느낌이 들었다. 잘못하면 한두 대 맞을 뻔했다는 생각에 등골이 서늘했다. 저런 아빠 밑에서 은지가 어떻게 버틸까 걱정이 되었다. 밖에서 아무리 기다려도 전처럼 은지가 창문을 열고 잘 가라는 이야기를 해주지는 않았다. 아마 아빠 때문에 경황이 없는 듯했다.

파라솔 테이블 위에는 은지 아빠가 먹다 남긴 소주병 두 개와 아무렇게나 뜯긴 새우깡 한 봉지가 나뒹굴었다. 지강은 조심스럽게 그 소주병을 들어다 편의점 안에 있는 재활용 수거통에 놓고 나왔다. 은지를 위해 해줄 수 있는 일이 그것뿐인 것 같은 느낌이 들었다.

집에 돌아오니 불이 켜져 있었다. 24평 아파트 문을 열고 들어서자 아빠가 팬티 바람으로 거실 소파 위에 서류를 얹어놓고 이것저것 검토하고 있었다. 마치 오늘이 두 아이의 아버지 날인 듯했다.

"아, 아빠. 언제 왔어요? 다, 다녀왔습니다."

아빠는 인사를 받는 둥 마는 둥 했다. 공장장으로 일하지만 회사의 거의 모든 일을 책임지다시피 하고 있었다. 서류를 뒤적이는 걸 보니 일이 많아 보였다. 지강이 씻고 나올 때까지도 서류를 들여다보며 여기저기 전화를 하고 있었다.

"아, 김 이사님. 결제 좀 부탁해요. 제가 지금 일거리 가지고 집까지 와서 하고 있습니다. 내일까지 돈이 안 들어오면 큰일입니다."

아빠는 어딘가에 대고 사정사정하고 있었다. 눈치를 보아하니 거래처에서 대금 결제를 안 해주는 모양이었다.

"아. 네. 그럼 반이라도 좀 어떻게 부탁드려요. 나머지 반은 제가 카드 빚을 내서라도 메꿀게요. 우리가 하루 이틀 거래하는 거 아니지 않습니까?"

아빠는 통사정을 이어나갔다. 지강은 방으로 들어갔다. 아빠와 함께 같은 공간에 있지만 외로움은 더욱 심해졌다. 이불을 뒤집어쓰고 누웠다. 아까 울 듯했던 은지의 얼굴이 떠올랐다.

'은지가 설마 아빠한테 맞는 건 아니겠지.'

우악스러운 외모로 보면 딸을 때리고도 남을 것 같아 보이는 은지 아빠였다.

문득 내일 합창단 총연습이 있다는 사실이 기억났다. 지휘자 선생님은 꼭 연습을 많이 해오라고 했고 특히 지강이가 잘 안 되는 부분을 짚어주었다.

"한 열 번 정도 부르면 잘될 수 있어."

지강이가 속한 합창부 페가수스는 가을에 있을 전국 청소년 합창 대회를 준비하고 있었다. 합창은 어릴 때 엄마가 소년한국일보 합창부에 지강을 넣으면서 시작하게 되었다. 합창단의 목소리가 지휘에 맞춰 하나가 되는 것은 참으로 아름다운 경험이었다. 전국 청소년 합창 대회에 나가 좋은 성적을 내는 것이 지강의 합창단 페가수스의 목표였다. 이 목표를 이루면 3등까지는 미국에서 열리는 세계 청소년 합창 대회에 나갈 자격이 주어진다고 했다.

아버지가 있기에 오늘은 방문을 닫고 소리 낮춰 싱코페이션 리듬을 연습했다. 싱코페이션은 음표를 당겨서 약박을 강박으로, 강박을 약박으로 만들어주는 기법이다. 이런 역전이 당김음의 효과를 살려주기에 노래의 묘미가 있었다. 응용을 잘하면 복잡한 리듬 패턴을 수없이 만들어낼 수 있다고 했다. 하지만 정박에 익숙한 지강의 입장에선 왜 이런 걸 하는지 이해가 잘 되지 않았다. 낮은 목소리로 이미지 트레이닝을 겸하면서 연습하고 있을 때 방문이 벌컥 열렸다.

"아직도 안 자냐?"

아빠가 외출복 잠바에 한쪽 팔을 꿰면서 들여다봤다.

"네."

지강이 들고 있는 게 합창곡 악보인 걸 본 아빠가 혀를 찼다.

"그런 콩나물 대가리 보고 있으면 밥이 나오냐?"

"……."

"공부해서 대학을 가야지."

"……."

"그래. 알아서 해라. 나는 어차피 자연인이나 될 거니까."

"어, 어디 가세요?"

"회사 자금이 필요한데 거래처 사장이 지금 자기 집으로 오라 그래서 간다."

"……."

"그 집에서 바로 공장 내려갈 거니까 잘 있고."

아빠는 그렇게 집을 나가버렸다.

성남

"삶이 그대를 속일지라도 슬퍼하거나 화내지 마~."

전철역 입구에서 은지를 기다리던 지강은 합창곡 악보를 찍어둔 스마트폰 화면을 보면서 조용히 연습을 해보았다. 합창 대회 나가려고 준비 중인 곡 후보 가운데 하나였다. 선생님은 몇 곡을 불러보고 제일 좋은 걸로 골라서 대회에 나간다고 했다. 청소년 합창 대회에서는 두 곡을 불러야 했다. 한 곡은 정통 합창곡이고, 또 한 곡은 선택의 여지가 있었다. 지휘자 선생님은 작년에 1등한 학교는 걸그룹 아이돌의 노래를 율동과 함께 편곡해 불렀다고 했다. 그 말을 들은 합창부 아이들은 서로 자기가 좋아하는 노래 제목을 말했다.

"선생님, 아스라의 「쿠팡팡」 불러요!"

"아니에요. 선생님. 가지수의 「동구리동동」 불러요."

다 요즘 유행하는 아이돌 가수의 노래들이었다. 템포도 빠르면서 밝고 명랑한 곡들이었지만 선생님은 고개를 저었다.

"얘들아, 그런 노래는 내가 편곡을 해야 되는데 그 정도 실력이 없어. 그냥 기존 곡 중에서 하나 골라보자. 그리고 너희들도 합창곡 중에 좋은 거 있으면 추천해줘. 일단은 「삶이 그대를 속일지라도」하고 「오 푸른 저 바다」, 흑인영가 「싯다운 서번트Sit Down, Servant」 이런 노래들로 불러보자. 시간 날 때마다 연습해라."

오늘 은지와 민영이를 만나기 위해 전철역에 온 지강이는 자투리 시간에 악보를 보고 흥얼댔다. 6월 15일, 오늘은 개교기념일이었다. 금요일이어서 사흘 연휴로 놀 수 있다고 아이들은 그 전부터 설레고 있었다.

합창부 연습을 마치고 떡볶이집에서 세 아이가 밥을 먹을 때 은지가 조심스럽게 아이들에게 물었다.

"개교기념일 날 뭐 해?"

"나 집에서 쉴 건데."

"나는 엄마 아빠가 제부도로 소풍 간다는데 안 간다 그랬어. 그냥 집에 있을 거야."

"그래. 나도 별 계획 없어. 합창 연습이나 하고 공부 좀 하고 게임 좀 하고 그러려고."

은지는 뭔가 부탁할 것이 있는 거 같았다. 민영이가 재빨리 물었다.

"뭔데? 뭐 할 거 있어? 좋은 계획이야?"

"아니. 어디 좀 같이 가줄 수 있나 해서."

"어디?"

"나중에 말할게."

"그래? 가지 뭐. 서울이야?"

"아니, 좀 멀어. 성남."

"뭐가 멀어? 가자. 지강이도 갈 거지?"

그 얘기를 듣자 갑자기 지강은 궁금했다. 성남에 왜 가려는 걸까?

"나도 가지 뭐."

"그래. 지강이 네가 우리 보디가드 해라."

그렇게 해서 어디로 왜 가는지도 모른 채 지강은 금요일 오전 열 시에 아이들과 만나기로 약속을 했다. 은지의 표정을 보니 심각한 뭔가가 있기에 가자는 것이었다. 그렇다고 지강이 성격에 대놓고 물어볼 수는 없었다. 원하는 대로 해주기로 했다. 진짜 친구라면 원하는 것을 해주는데 당사자가 말하고 싶다는 생각이 들 때까지 기다려야 하는 법이었다.

「삶이 그대를 속일지라도」를 연습하고 있을 때 은지와 민영이 저만치에서 나타났다. 두 아이는 약속한 듯 반팔 티셔츠와 청바지를 입고 있었다. 늘 입던 교복 대신 사복을 보자 신선한 느낌이었다. 지강은 위아래 검은색으로 입은 자기 자신이 약간은 칙칙하게 느껴졌다.

"어서 가자."

지하철역으로 내려가며 세 아이는 어디 소풍이라도 가는 기분이었다. 은지는 마음 깊은 곳에 무거움을 담고 있는 듯했지만, 친구들과 함께 학교를 벗어나 전철을 타고 어딘가로 가게 되니 기분이 나쁘지만은 않아 보였다. 성남 가는 신분당선 전동차 안에서 은지와 민영이는 조잘조잘 떠들었다. 오늘따라 은지가 말이 많은 것을 보니 뭔가 초조한 일이 있는 것 같았다. 사람은 원래 자신의 감정을 숨기려 할 때 수다스러운 법이다.

수진역에서 내리자 은지는 갑자기 말이 없어졌다. 민영이와 지강이는 그런 은지를 따라 걸으며 서로 눈짓을 나누었다. 정확하게 어딜 가는지는 민영이도 모르는 눈치였다. 한참을 걸어가던 은지는 발걸음을 멈췄다. 길 건너에 있는 3층짜리 낡은 흰 건물을 바라보고 있었다. 3층은 교회였고 2층은 사무실이며, 1층에는 작은 슈퍼마켓과 부동산 그리고 건물 수리하는 종합 공사가 들어와 있었다. 은지의 시선은 그 가운데 김밥헤븐에 꽂혀 있었다. 이미 초여름 날씨가 무더워 김밥헤븐에는 한여름에만 파는 콩국수 메뉴의 현수막이 나붙어 바람에 흔들렸다.

"왜? 저기 가서 밥 먹게?"

"아, 아니."

"뭔데?"

민영이가 작은 소리로 물었다.

"우리 엄마가 저기서 일한대."

순간 세 아이는 입을 다물었다. 엄마라는 말을 하자 민영이가 먼저 은지 손을 조심스럽게 잡았다.

"엄마 보고 싶어서 왔어?"

복잡한 은지의 얼굴이 모든 것을 말해주었다. 그리움에 무작정 왔는데 정작 김밥혜븐 앞에 오니 발을 뗄 용기가 없었던 것이다. 은지가 눈짓을 하자 지강이 조심스럽게 물었다.

"내가 가보고 올까?"

은지는 아니라고 하지 않았다. 민영이 말했다.

"그래, 네가 가봐."

지강은 좌우로 차가 오나 살핀 뒤 횡단보도를 건너 가게 앞에 가서 안을 기웃거렸다. 바깥에 작은 의자들이 쪼르르 놓여 있는 것을 보니 손님이 많을 때는 줄을 제법 서는 집인 듯했다. 그건 음식 솜씨가 좋다는 의미이기도 하다. 점심때는 부근에 있는 사무실에서 직장인들이 몰려와 줄 서서 먹는 모양이었다. 안에 아줌마 한 사람이 카운터에 서 있는 것이 보였다. 그 옆에는 김밥 마는 조리대가 있었다. 지강은 길 건너 친구들을 바라본 뒤 조심스럽게 가게의 문을 열고 들어갔다.

"어서 오세요."

딱 봐도 은지와 닮은 아줌마가 앞치마에 머릿수건을 쓴 채 인사를 했다.

"기, 김밥 포장하려고요."

"무슨 김밥으로 드릴까요? 치즈김밥, 참치김밥 여러 가지가 있는데요. 메뉴 봐요."

"아, 일반 김밥으로 석 줄 주세요."

2,500원 하는 일반 김밥을 은지 엄마는 솜씨 있게 그 자리에서 쌌다. 지강은 순간 이 장면을 찍어야겠다는 생각이 들었다. 아까 상태로 봐서는 은지가 엄마를 보러 불쑥 들어올 것 같진 않았기 때문이다. 조용히 핸드폰을 꺼내서 문자 보는 척하며 문가의 테이블 앞에 앉아 동영상을 촬영했다.

"학생이에요?"

시선은 김밥에 고정한 채 은지 엄마가 물어보자 지강은 뜨끔했다.

"네."

"오늘 학교 안 갔어요?"

"아, 저희 학교는 개교기념일이라서요."

"몇 학년?"

"고등학교 2학년이요."

"아, 그래요?"

은지 엄마는 김밥을 다 싸서 은박지로 감은 뒤 검은 비닐봉지에 담아 젓가락 세 개와 함께 건넸다.

"세 사람이 먹을 거지요? 단무지도 세 개 넣었어요. 7,500원인데 7,000원만 줘요."

"아닙니다. 7,500원 다 받으셔야죠."

"괜찮아요. 우리 애 같아서 그래."

그 순간 지강이 가슴이 덜컥 내려앉는 거 같았다.

"네. 안녕히 계세요."

지강은 황급히 인사하고 김밥헤븐 밖으로 나왔다. 길 건너를 살펴보았지만 은지와 민영은 보이질 않았다. 핸드폰을 꺼내 전화를 걸면서 걸어갔다.

"야, 너희들 어디 있어?"

"응. 오른쪽에 런던바게뜨 있지. 그리로 와."

빵집 안으로 들어가 보니 두 아이는 한쪽에 앉아 있었다. 고개를 숙인 은지에게 지강은 말없이 김밥 봉지를 내밀었다.

"김밥 샀어."

그때 은지가 일어났다. 먼저 앞장서 나가는 걸 보며 지강과 민영은 따라갔다. 무턱대고 엄마를 찾아왔지만 만날 용기가 없는 거였다. 이해하고도 남았다. 세 아이는 아파트 옆의 작은 공원으로 들어가 자리를 잡고 앉았다. 은지가 약간 울먹이는 목소리로 말했다.

"엄마랑 친한 이모가 전화번호를 안 바꿨기에 엄마 뭐 하냐고 물어봤어. 그랬더니 여기에서 일한대."

"언제 알았어?"

"한 달도 더 됐는데 용기가 안 나서 보러 오지 못했어. 흑!"

갑자기 두 손으로 얼굴을 감싸며 은지가 오열했다. 소주를 먹으며 편의점 앞에서 자신을 협박하던 은지 아빠의 모습이 떠오르자 지강이는 은지의 외로움이 피부로 느껴졌다. 어떤 일로 엄마가 아빠와 함께 살지 않는지는 모르지만 자신의 아픔을 투영했다. 민영이 은지에게 휴지를 건네주었다. 할 말이 없었다.

잠시 울던 은지가 이내 정신을 차렸다. 자기와 함께 와준 아이들 입장을 생각했으리라.

"미안해. 고마워. 너희들 덕분에 그래도 엄마 있는 곳까지 왔잖아. 엄마가 잘 계신 것 같아?"

지강이 대답했다.

"응. 김밥 500원 깎아주셨어."

"우리 엄마, 꼭 애들 보면 그렇게 깎아주고 그랬어."

"엄마 동영상 찍어왔는데 볼래?"

고개 숙이고 있는 은지 등을 쓰다듬던 민영이가 엄지손가락을 세워 보였다. 잘했다는 거였다.

"지금 보기 힘들면 톡으로 보내줄게."

지강은 은지 핸드폰으로 동영상을 전송했다. 핸드폰이 미세하게 진동하는 소리가 들렸다. 마치 엄마가 자신의 품 안에 왔다고 생각하는 것처럼 은지는 핸드폰을 꼭 가슴에 안더니 고개를 들고 눈물을 닦았다.

"고마워. 지강아."

"그래그래."

"우리 엄마가 만든 김밥 먹어볼래."

세 아이는 모여 앉아 김밥을 먹었다. 지금까지 먹어본 어떤 김밥보다 깔끔하고 맛있었다.

"야, 쌀이 너무 좋아."

"반찬들도 다 맛있어."

"계란 후라이도 촉촉해."

두 아이의 칭찬에 은지는 살짝 미소를 지었다.

"우리 엄마 원래 김밥 잘해."

지강이 물었다. 아무래도 남자는 현실적일 수밖에 없는가 보다.

"김밥집 너네 엄마가 하시는 거니?"

"아니야. 알바하는 거라고 그랬어."

은지 엄마가 최저시급을 받으면서 일하고 있을 것을 생각하니 지강은 마음이 아팠다.

어쨌든 세 아이는 맛있게 김밥을 먹었다. 엄마가 만들어준 집밥의 맛이었다. 청춘이란 슬픔과 기쁨을 떠나 배고픔이 우선인 시절이니까.

"야, 우리 여기까지 왔는데 모란시장 구경이나 하고 가자. 마침 오늘 장날이래."

민영이가 분위기를 눈치껏 살피며 제안했다.

"정말?"

"모란시장은 오일장으로 유명하니까 가서 구경도 하고 또 먹을 거 있으면 더 사먹자."

그럴 때의 민영은 꼭 아줌마 같았다.

"그래그래. 그러자."

세 아이는 툴툴 털고 모란시장으로 향했다. 지강은 자신이 오늘 동영상을 찍어온 것이 은지에게 큰 선물이 된 것 같아 뿌듯했지만, 문득 어디에 있는지조차 알 수 없는 자신의 엄마가 떠올랐다.

제니퍼 리 하트

지강은 페이스북 검색창에 이름 석 자를 집어넣어보았다.

이민정

순간 엄청나게 많은 이민정이 떠올랐다. 얼굴 사진이 있는 사람도 있고, 숨긴 사람도 있었다. 심지어는 개나 고양이 사진을 프로필로 쓰는 사람도 보였다.

'이걸 다 어떻게…….'

하나하나 프로필을 터치해 들여다보았지만 이민정이라는 이름은 너무나 흔했다. 아가씨들이 대부분이고 대충 봐도 중년 여자의 얼굴은 보이질 않았다.

'아, 여기 한 명 있다.'

파마머리를 한 여자의 얼굴이 엄마와 흡사해서 터치해 들어가 보니 보험 영업을 하는 라이프 플래너였다. 보험 계약 금액이 100만 달러 넘는 사람들만의 모임인 원탁회의 멤버인 능력 있는 여자였다. 짧은 머리에 환하게 웃고 있는 득의만만한 얼굴은 엄마의 그것이 아니었다.

'다른 사람이네.'

합창 연습을 해야 할 시간에 지강은 엄마 이름을 검색하고 있었다. 지강은 이혼한 뒤 소식이 끊긴 엄마를 이해는 했다. 아빠와의 삶이 얼마나 고단했으면 그 삶의 일부인 시간과 인연을 끊었을까. 그 시간 안에 자신도 포함되어 있었다. 아니면 삶이 얼마나 팍팍했기에 연락을 끊었을까 싶기도 했다. 한참 동안 이민정을 찾던 지강은 더 이상 검색을 포기했다.

'못 찾겠어. 엄마 이름은 너무나 많아. 왜 여자들은 이렇게 동명이인이 많은 거야?'

그것부터 남존여비의 시작이라는 생각도 들었다. 거실로 나가 물 한 잔을 마시고 들어오는데 갑자기 뇌세포의 다른 기억소자가 뉴런에 접선되었다. 엄마가 어쩌면 우리나라에 살지 않을지도 모른다는 생각이 문득 든 것이다. 그토록 오랜 기간 동안 한 번도 찾아와보지 않은 건 그렇게밖에 설명이 되지 않았다. 오래전 아빠는 엄마 이야기를 물어보았을 때 술 취해 이렇게 대답한 적이 있었다.

"네 엄마 잘 살 거야. 멀리 갔으니까. 내가 있는 이 땅은 꼴도 보기 싫다는 거지."

그 말이 생각난 지강은 다시 페이스북 검색창에 영어로 이민정을 쳤다.

Lee Min Jung

그 역시도 많았다. 민정 리도 있었다. 그 어디를 뒤져봐도 엄마인 듯한 사람은 보이지 않았다.

'이렇게는 안 되는 거구나. 찾을 수가 없어.'

핸드폰을 끄자 엄마와 보냈던 짧은 기억들이 단편적으로 떠올랐다.

엄마의 합창부 연습에 어린 지강이 따라간 적이 있었다. 중학생 누나와 형들은 아직 초등학교도 다니지 않는 지강을 예쁘다며 안아주고 놀아주었다. 합창 연습이 시작되었을 때 지강은 음악실 여기저기를 다니며 북이나 관악기 등을 만졌던 기억이 났다.

그때 톡이 울렸다. 민영과 지강과 은지가 함께하는 세 사람만의 단톡방이 있었지만, 이번엔 은지가 보낸 개인 톡이었다.

아직 안 자?

합창 연습. 그런데 딴짓하는 중.

전화해도 돼?

응.

곧 전화가 울렸다.

"왜 아직도 안 자는 거야?"

"나 김밥 먹고 있어."

김밥이라는 말에 지강은 정신이 살짝 들었다.

"그, 그래?"

눈치를 챈 은지가 어이없다는 어투로 말했다.

"엄마 거 아니야. 동네 나가서 사왔어. 같은 김밥헤븐인데 맛이 없어."

"응. 나도 배고픈데."

얼핏 고개를 들어 시계를 보니 열두 시가 넘은 시간이었다.

"뭐 하고 있었어?"

"그냥 뭐 검색 좀."

"무슨 검색?"

"사람 좀 찾으려고, 페이스북으로."

아차 싶었다. 여자들의 촉이 빠른데 여기까지 이야기를 하면 많은 것을 노출하는 것이었다.

"혹시 엄마 이름 쳐보냐?"

여자들 감은 정말 무서웠다.

"아, 아니."

"맞구나?"

당할 수가 없었다.

"엄마가 연락이 없어?"

"응."

"그렇구나."

은지는 생각했다. 자기는 엄마가 어디 있는지 알고 먼발치에서라도 봤지만 지강은 보지 못했다는 것을 생각하니 너무 자기 생각만 한 것 같았다.

"미안해."

"뭐가?"

"내 생각만 해서."

"네 생각만 한 게 뭐 있어?"

"김밥 먹다 보니까 울적했어. 네 목소리라도 들으려고 전화한 건데 내가 오히려 방해했네."

"아니야."

"그래서 엄마는 찾았어?"

"엄마 이름이 너무 흔해서 못 찾아."

"이름이 뭔데?"

"이민정. 탤런트만 나오더라구."

그러자 은지가 말했다.

"여자 이름, 이혼하면 찾기 힘들어. 이름 바꾸는 사람들도 많아. 혹시 엄마 친구나 아는 사람 찾아봐. 친구 중에서 소통하는 사람 있을 수 있어."

그 생각은 하지 못했다. 전화를 끊고 지강은 엄마 친구들의 이름을 생각해보았다. 엄마가 선생님이었을 때 어떤 친구들이 있었나 생각해보았는데, 그 순간 크리스틴이라는 이름이 떠올랐다. 원어민 교사였던 크리스틴은 엄마가 이혼하기 전에 집에 한두 번 초대 손님으로 데려왔던 기억이 난다. 그때 엄마는 캐나다 출신 크리스틴에게 그곳의 생활이 어떤지를 자세히 물어보곤 했다. 영어도 제법 하는 엄마였기에 외국 생활에 관심이 많았다.

"아, 우리 지강이도 미국이나 캐나다에서 공부 시키면 참 좋은데."

초등학교 때였지만 분명히 기억이 나는 사건이었다. 금발 머리에 백인인 크리스틴의 얼굴도 어렴풋이 기억이 났다. 지강은 다시 페이스북에 들어가서 크리스틴을 영어로 치기 시작했다.

Christine

'아냐, K로 시작하는 거 아냐?'

스펠링부터 자신이 없었다. 하지만 에라 모르겠다는 생각으로 크리스틴에 영어 교사를 함께 검색했다. 수많은 외국인들 가운데서 엄마와 연관되는 사람을 찾는 건 더더욱 어려웠다.

수없이 많은 사람이 나왔다. 거기에서 찾는 건 불가능했다.

'가만, 크리스틴이 한국에서 생활했으니까 혹시 우리나라 포털에 치면 나올지도.'

검색창에 '크리스틴 선생님'을 쳤다.

"헉!"

놀랍게도 사진 한 장이 떴다.

'크리스틴 선생님과의 추억'

남학생들이 외국인 영어 교사와 함께 설악산에 가서 찍은 사진이 여러 장 떴다. 뚱뚱한 금발 머리 백인 아줌마가 등산복 차림의 학생들과 설악동 광장에서 찍은 수학여행 사진이었다. 그 사진을 보니 얼굴이 기억났다. 짧은 사진 설명을 읽다 지강은 눈이 번쩍 뜨였다. 영어 스펠링도 있었다.

Christine McGee

맥이라는 성을 보니 아일랜드 계통이었다. 맥도날드는 도날드의 아들, 맥아더는 아더의 아들로 아일랜드에서는 성을 붙인다는 말을 1학년 때 영어 선생님이 해준 기억이 났다.

페이스북에 가서 정확한 이름을 치자 마침내 크리스틴의 페이스북 프로필에 접속이 가능했다. 선생님의 페이스북 앨범에 한국에서 찍은 사진이 있었던 것이다. 영어를 띄엄띄엄 읽어보니 한국에서의 추억이라며 엄마가 다녔던 학교에서 찍은 사진이 나왔다. 지강은 가슴이 뛰기 시작했다. 크리스틴의 친구들 목록을 검색하다 지강은 순간 숨이 막혔다.

"헐!"

머리를 물들인 동양 여자가 있었다. 엄마였다. 영어로 쓰여 있는 이름은 제니퍼 리 하트였다. 순간 등골이 땅기는 느낌이었다. 제니퍼 리 하트라니! 엄마 이름에서 흔적으로 남아 있는 건 미들네임 '리' 하나뿐이었다.

합창 대회

　토요일 아침 문예회관 앞은 모여든 사람들로 복잡했다. 전국 청소년 합창 대회 예선이 벌어지는 날이었다. 서부 지역에 속해 있는 지강의 합창부 페가수스도 아침 아홉 시까지 오라는 약속을 지켜 문예회관 앞 커다란 시계탑 아래에 하나둘 모습을 드러냈다. 시계탑 기둥에 가져온 합창복과 악보 등등을 쌓아놓고 아직 도착하지 않은 일행을 기다리는 것이었다.

　지강은 가장 먼저 도착해 있었다. 잠시 후 두 번째로 합창부 선생님이 오더니 지강에게 물었다.

　"어머, 지강이 일찍 와 있구나. 빠진 거 없이 잘 챙겨왔지?"

　합창부는 대회복으로 흰 와이셔츠에 빨간 보타이를 매기로 했다. 와이셔츠 색깔이 다를 수 있다고 모두 통일해 맞췄다. 그래봐야 큰 마트의 와이셔츠 코너에서 단순한 흰색 와이셔츠를 몸에 맞는 걸로 골라 입는 거였다. 지난 주 연습이 끝나고 단체로 나들이해서 와이셔츠들을 하나씩 사 입었다. 덩치가 커서 맞는 게 없는 녀석 한둘은 아버지 걸 입고 온다고 했다. 아홉 시가 넘었는데도 아직 도착하지 않은 단원들을 기다리며 선생님은 분주히 여기저기 전화를 걸고 있었다. 민영이도 제시간에 도착했다. 뒤늦게 허둥지둥 달려오는 녀석들도 있었고, 몇몇은 부모님이 참관하러 함께 오기도 했다.

지강은 오늘 합창곡으로 부르기로 한 선택곡 「마더 오브 마인」이 영 마음에 걸렸다. 최종 결정되었다고 선생님이 발표할 때 몇 아이가 볼멘소리를 했다.

"선생님, 이 팝송 우리 아무도 몰라요."

"이런 오래된 노래 구려요."

지휘자 선생님은 그럴 줄 알았다는 듯 고개를 끄덕였다.

"선생님이 옛날 팝송을 고른 이유는 심사위원들이 나이 드신 교수님들이기 때문이야. 그래서 그분들 심금을 울리려고 전략적으로 고른 거야. 노래 가사도 좋고 멜로디도 좋아. 한번 연습해보자."

피피티로 원문과 번역을 읽어보고 유튜브로 보니 참 슬프고 아름다운 노래였다.

Mother of mine, You gave to me all of my life to do as I please.

나의 어머니, 당신은 내가 원하는 인생을 온전히 살게 해주셨어요.

I owe everything I have to you.

내가 가진 모든 것은 당신 덕분이에요.

Mother, sweet mother of mine.

어머니, 다정한 나의 어머니.

연습을 하는 내내 지강은 엄마 생각이 났다. 합창으로 엄마를 만날 수 있다는 실낱같은 희망이 생겼기 때문이다.

"얘들아, 이제 다 왔으니 들어가자."

문화예술회관 2층 '가' 열이 지강의 팀 페가수스 자리였다. 한마디로 합창 대회 청중이 합창단원이어서 차례가 되면 무대 뒤로 가서 합창을 하고 다시 객석으로 돌아오는 식이었다. 그래서인지 커다란 문예회관이 시작 시간인 열 시 반이 되기 전에 거의 다 꽉 찼다.

대회는 엄청난 규모였다. 30여 개 학교가 참가해서 오전과 오후로 나눠 합창 경연을 벌이는 거였기 때문이다. 1, 2, 3등까지만 본선에 진출할 수 있었다.

아이들은 모두 객석에 자리를 잡자 옷을 갈아입었다. 흰 와이셔츠에 보타이를 매는 간단한 것이지만 갈아입고 보니 모두들 단정해 보였다. 유니폼이 주는 매력이 바로 그런 것이었다.

"애들아, 이따가 선생님 지휘 잘 보도록 해. 우리 저번에 연습 안 됐던 거 그거 주의하고."

지강이 싱코페이션을 통달하게 된 건 불과 며칠 전이었다. 선생님의 개인 지도와 다른 아이들의 협력 속에서 간신히 리듬을 맞춰서 낼 수 있게 된 거였다.

"지강이는 싱코페이션 잊지 말고."

선생님이 다시 주의를 주었다.

"네. 걱정 마세요."

목을 풀며 자리에 앉으니 다른 학교 아이들의 유니폼이나 연습 장면을 보는 것도 재미있었다. 그때 뒤에서 누군가 조용히 지강을 불렀다.

"지강아!"

고개를 돌리니 은지가 어느새 와 있었다. 살짝 손을 흔들어주었다. 은지가 웃으며 가지고 온 꽃다발 두 개를 흔들었다.

"이따 너희들 상 받으면 줄 거야."

소프라노 민영이가 대신 대답했다.

"응. 알았어."

"떨지 말고 잘해."

여기저기 응원 온 아이들은 많이 있었다. 지강이와 은지가 사귀는 건 모르는 아이가 없었기에 다들 무심히 쳐다볼 뿐이었다.

이윽고 합창 대회가 시작되었다. 사회자의 합창 대회 취지 설명과 주요 인사 및 심사위원 소개가 있었다. 심사위원장은 머리가 벗겨진 음대 교수님이었다. 박수를 받으며 뒤로 돌아 객석을 향해 두 손을 흔들며 인사를 했다. 여기저기서 아이들이 함성을 질렀다. 지휘자 선생님은 회심의 미소를 지었다.

"얘들아, 이제 말하는데 저 심사위원장님이 내 음대 은사님이셔."

"정말요?"

"응. 저분 취향을 내가 잘 알지."

그러자 합창부장인 창식이가 물었다.

"여기 오신 지휘자들 중에 선생님만 저 교수님 제자예요?"

그 순간 선생님은 얼굴 표정이 묘해졌다. 멋쩍게 웃으며 말했다.

"야, 네가 팩트 폭격 하냐?

"아까 보니까 다른 학교 선생님들도 가서 막 인사하고 허그하고 그러시던데요?"

안 그래도 지휘자 선생님은 2층으로 아이들을 인솔해 오는 동안에도 대학 동창인 다른 학교 선생님들과 반갑게 인사를 나누었던 것이다.

"음. 저 교수님 제자들이 많이 왔지."

"에이, 그러면 소용없잖아요."

"하지만 우리가 오늘 교수님 취향을 저격할 거다. 모두 다 알 았지?"

"네."

"이제 차분히 딴 팀들 하는 거 좀 감상해보자."

페가수스는 점심을 먹기 직전인 10번 순서였다. 앞에서 아홉 개 학교가 나와서 노래하는 것을 보는 것만으로 큰 경험이었다. 어떤 팀은 율동을 화려하게 했고, 어떤 학교는 곡 해석이 좋았 다. 물론 별다른 퍼포먼스 없이 실력에 집중한 팀도 있었다. 감 탄이 절로 나오는 멋진 노래를 부르는 학교도 눈에 띄었다. 요 즘 유행하는 아이돌 노래는 벌써 두 학교에서 편곡을 다르게 해 서 나왔다.

"야, 저렇게 하면 망하는데."

"같은 노래면 비교가 되잖아."

"맞아, 맞아. 우리 노래가 제일 올드한 거 같아."

프로그램이 있는 곡명들을 보니 「마더 오브 마인」을 부르는 학교는 지강이의 학교뿐이었다.

"다른 애들은 이 노래가 무슨 노래인지도 모를 거야."

"그렇지."

참가 번호 7번의 공연이 시작되자 지휘자 선생님은 스태프의 안내를 받아 아이들에게 말했다.

"자, 조용히! 얘들아, 뒤로 올라가."

경연 대회가 이어지는 동안 지강의 합창부원들은 바깥으로 나가 옆길로 해서 출연진 대기실로 들어갔다. 문예회관 곳곳에서는 합창 연습을 하고 있는 아이들도 보였다.

"선생님. 우리도 연습 좀 하고 들어가야 되지 않아요?"

"대기실에 들어가면 할 수 있어."

대기실에 들어가니 정말 여기저기서 연습하는 아이들이 있었다.

"야, 우리도 빨리 준비하자."

선생님은 아이들과 음을 맞춰보았다. 지강은 아이들의 소리를 들으며 자기의 목소리를 냈다.

"좋아. 이대로만 하면 되겠어."

잠시 후 9번 참가팀이 박수를 받으며 무대 반대편으로 퇴장했다. 사회자가 이제 지강의 팀을 소개했다.

"참가 번호 10번. 은성고등학교 혼성 합창팀입니다. 팀의 이름은 페가수스. 큰 박수로 맞아주십시오."

아이들은 차례대로 윗줄부터 입장했다. 제일 먼저 들어간 것은 테너, 그다음이 베이스 그리고 민영이 속한 소프라노와 알토가 들어가 합창대에 자리를 잡자 드레스를 입은 선생님이 올라가서 정중히 인사를 하고 지휘봉을 잡았다.

"자, 얘들아. 가자."

초긴장의 시간이었다. 피아노 반주가 나오면서 이윽고 지휘자 선생님의 지휘봉이 허공을 갈랐다.

  삶이 그대를 속일지라도 슬퍼하거나 화내지 마.
  슬픈 날들을 참고 견디면 즐거운 날들 오리니.
  세상이 그대를 버릴지라도 슬퍼하거나 화내지 마.
  힘든 날들을 참고 견디면 기쁨의 날 꼭 올 거야.

  잔잔하지만 힘이 있는 합창곡이 끝났다. 다음 곡은 자유곡이
었다.

  And I can walk straight all on my own.
  그리고 나 혼자서도 똑바로 걸어갈 수 있죠.
  I'd like to give you what you gave to me.
  당신이 내게 주셨던 것을 돌려드리고 싶어요.
  Mother, sweet mother of mine.
  어머니, 다정한 나의 어머니.

  노래하는 동안 엄마의 눈물이 느껴지는 것만 같았다. 전화 통
화한 엄마의 목소리가 들리는 것만 같았다. 엄마와 접속이 되었
던 그 순간이 갑자기 떠올랐다. 지강은 눈시울이 뜨거워지는 걸
참으면서 노래를 불렀다. 목소리가 떨려왔다. 지휘자 선생님이

몇 번 지강을 바라보았다. 틀린 거다. 집중하려 했지만 더 긴장이 되었다.

그렇게 노래는 끝났다. 장내에는 박수 소리가 가득했다. 은지가 꽃다발을 흔드는 게 보였다.

"와, 잘한다!"

"페가수스 파이팅!"

지강은 풀이 죽었다. 무대 밖으로 나가자 지휘자 선생님이 다가와 어깨를 쓰다듬어주었다.

"괜찮아. 지강아."

"저, 저 때문에 떨어지면 어떻게 해요?"

"아니야. 잘했어."

선생님 말에 진정성은 느껴지지 않았다. 참가 번호 12번까지 발표를 하자 이윽고 점심시간이 되었다. 아이들은 모두 밖에 나갔다. 문예회관 밖 커다란 느티나무 아래에 엄마들이 돗자리를 깔아놓고 있었다.

"얘들아, 어서 와. 수고들 했다."

엄마들이 후원회원처럼 김밥과 도시락을 잔뜩 사왔다. 엄마가 없는 지강은 그런 도시락을 먹기가 쑥스러웠지만 회장인 창식이 엄마가 말했다.

"어서 와. 너희들 빨리 와. 단원들 인원수보다 더 많이 준비했어."

은지를 포함해 응원하러 온 아이들도 같이 먹게 되었다. 이게 바로 한 학교 학생이라는 동질감과 뿌듯함인 거 같았다. 엄마들은 아이들 합창복 디자인과 다른 학교 이야기들로 연신 수다를 떨었다. 지강이는 풀이 죽어 있었다. 김밥을 입에 넣던 은지가 물었다.

"왜 그래?"

"나 아까 실수했어."

"모르겠던데?"

"잘못했어. 심사위원들은 다 알 거야."

"다음에 잘하면 되지."

남의 속도 모르는 아이들이 하는 위로는 전혀 도움이 되지 않았다. 먹은 게 얹힐 것 같은 느낌에 김밥 몇 개를 먹고 젓가락을 내려놓았다. 은지가 걱정스러운 듯이 쳐다보았다. 점심을 먹고 약간의 휴식이 있은 뒤 두 번째 오후 공연이 이어졌다. 관객석에 앉아 자리를 지키자 선생님이 말했다.

"얘들아, 남이 부르는 노래를 잘 듣는 것도 공부야. 딴 데 가지 말고 잘 들어."

선생님이 맨 앞자리에 앉고 아이들은 뒤에 앉았다. 중간 중간 화장실도 다녀오고 다른 학교의 공연도 보았다. 하지만 다시 머릿속에 엄마와의 대화가 떠올랐다.

엄마에게 페이스북 메시지를 보낸 것은 일주일 전이었다.

죄송하지만 한국 이름이 이민정 씨였나요?
혹시 한국에 사실 때 아들 하나 있지 않으셨어요?
그 아들이 저인 거 같아요.
이지강이 맞다면 연락 주세요.

메시지를 보내고도 며칠 동안 연락이 없었다. 그런데 수업을 마치고 학원에 가는 도중에 갑자기 전화가 왔다. 페이스북 전화였다. 페이스북 통화를 해본 적이 없던 지강은 당황하면서 전화를 받았다.

"지강이니?"

"누구세요?"

"엄마야!"

캐나다에 있는 엄마. 그렇게 해서 헤어진 뒤 처음으로 엄마 이민정, 아니 제니퍼 리 하트 씨와 전화 통화를 했던 것이다.

합창 대회는 세 시경에 다 끝이 났다. 축하 공연이 있은 뒤 사회자가 수상팀 명단이 든 봉투를 들고 무대에 올라와 말했다.

"여러분. 최종 결과 나왔습니다. 지금부터 발표하겠습니다."

각종 이름의 상들이 시상되기 시작했다. 대부분 이름만 바꿨지, 참가상이었다. 어느 정도 기본상을 주는 잔치가 끝나자 본격적인 수상팀들이 발표되기 시작했다.

"자, 이제부터 순위를 발표하겠습니다. 참고로 3위까지는 연말에 개최되는 전국 합창 대회 본선에 진출할 수 있습니다. 전국 대회에 나가는 것입니다. 자, 먼저 5위. 참가 번호 23번! 경사중학교 합창팀 하모니, 축하합니다!"

"와!"

아이들은 환성을 지르며 우르르 몰려나가 상을 받았다. 트로피와 꽃다발을 들고 아이들이 내려오자 사회자는 다시 마이크를 잡았다.

"4위 팀 발표합니다. 4위, 참가 번호 10번 은성고등학교 합창팀 페가수스! 축하합니다."

아이들은 자리를 박차고 일어났다.

"대박이다!"

"우리가 4위래!"

하지만 지강은 눈을 질끈 감았다. 4등이어서는 전국 대회에 갈 수가 없었다. 전국 대회에 참여하지 못한다는 것은 해외 공연을 갈 수 있는 자격도 박탈된다는 의미였다. 미국까지만 간다면 엄마가 만나러 와줄지도 모른다는 지강의 꿈은 이렇게 깨졌다.

여행 갈래?

합창 대회가 끝난 지 며칠이 지났다. 지강은 집을 향해 가면서 왠지 느낌이 안 좋았다. 의욕이 없이 온몸에 기운이 빠져나가는 기분이었다. 엄마를 만나러 갈 수도 없게 되었다. 크게 망설이며 엄마에게 메시지를 보냈다.

> 엄마, 나 합창 대회 떨어졌어.

답장은 빨리 오지 않았다. 다른 애들도 엄마에게 메시지 보내고 답장 받는 게 이렇게 오래 걸리나 싶었다.

엘리베이터에서 내려 복도를 지나 집 앞으로 가던 지강은 복도에 낡은 종이 박스 한 개가 나와 있는 것을 보았다. 배달 음식을 시켜 먹을 일도 없는 지강이라 의아했다. 집 안을 보니 문이 열려 있었고 박스 몇 개가 안에 더 나뒹굴고 있었다.

"어!"

아빠가 돌아와 있었다. 집 안에 옷가지며 잡동사니를 담은 박스를 늘어놓고 아빠는 어딘가에 격앙되어 전화를 걸었다. 이상했던 느낌은 바로 이거였다.

"그러니까 일을 그따위로 처리하니까 회사가 망한 거 아니야. 밀린 월급이나 돌려달라고. ……뭐 코로나가 어쩌고? ……코로나로 망하더라도 그동안 벌어둔 돈이 있을 것 아니야!"

아버지는 누군가와 싸우고 있었다. 느낌이 싸했다. 현관에 서서 아버지의 통화가 끝날 때까지 기다렸다. 쌍욕 끝에 아버지는 전화를 끊었다. 눈에 핏발이 서 있었다. 그 눈빛으로 아버지는 지강을 힐끗 보더니 다시 어딘가로 전화를 걸었다.

"아, 강 과장. 나요."

이번엔 또 다른 사람이었다. 한참 동안 아버지가 주고받는 대화를 들어보니 회사가 갑자기 망한 것 같았다.

"아, 김 사장 그 새끼가 도망을 갔어. ……오늘 빚쟁이들 쳐들어오고 채권단 오고 난리가 난 거야. ……쫑이지, 뭐. ……오늘 짐이라고 할 것도 없어 가지고 왔어. ……알아봐야지."

지강은 조용히 방에 들어가 옷을 갈아입고 나왔다. 거실에 가보니 아버지가 여기저기 벗어 던져놓은 옷들이 널려 있었다. 냄새가 찌들어 있는 옷들을 베란다로 가지고 나가 세탁기에 넣었다. 여기저기 흥분해서 전화를 걸던 아버지 통화의 앞뒤 줄거리를 맞춰보니 공장은 부도가 났고 사장은 아마 오른팔인 아버지에게도 말하지 않고 어딘가로 도망간 거 같았다. 그로 인한 배신감으로 아빠는 밀린 임금 받겠다고 며칠간 사라진 사장을 찾아다니다 이제 갈 곳이 없어 집으로 돌아온 듯했다. 몇 달간의 월급도 밀렸다고 했다.

세탁기를 돌리고 거실로 들어오자 아빠는 분풀이할 대상을 찾기라도 하듯 고개를 돌렸다.

"왜요?"

"너, 네 엄마한테 연락했었냐?"

머릿속이 하얘지는 느낌이었다. 대답하지 못하고 있었다.

"너 이 자식. 공부 하라 그랬더니 버리고 도망간 엄마한테나 연락을 해? 이 자식아. 너 엄마한테 가서 살고 싶냐? 캐나다 갈래? 백인 놈하고 눈 맞아서 사는 데 가서 한번 의붓아비 밑에서 살아보려는 거야?"

아빠의 폭언이 도를 넘어섰다. 그건 몰랐던 사실이다. 엄마와 아빠는 소통이 되는 모양이었다. 여러 가지 충격이 동시에 밀려와 정신이 다 없었다.

"그게 아니라……."

"그게 아니고 뭐가 아니야, 이 새끼야. 공부하라고 했더니 합창 같은 걸로 돌아다니면서 쓸데없는 짓이나 하고 다니고."

순간 안에서 뜨거운 것이 올라왔다. 그렇게 따지면 어느 인생이 쓸데없지 않단 말인가. 아버지는 과연 지강이 뭘 해먹고 다니는지 물어본 적이라도 있었던가?

"니 어미가 보고 싶어? 보고 싶어? 이 자식이. 니 아비 지방에서 일하고 있는데 문자 한 번, 전화 한 번 한 적이 있어?"

문자와 전화를 한 적은 있었다. 그러나 바쁘다며 늦게 전화를 받거나 한참 뒤에 답 문자가 왔다. 아빠 안중에 지강은 없었다. 어느 순간부터 지강은 문자나 전화를 하지 않게 되었다. 고개를 푹 숙이고 있다 방으로 가려 발걸음을 돌리는데 아버지가 등짝을 후려갈겼다.

"개자식! 너도 날 배신할 거지?"

순간 등짝을 찌르르하게 파고드는 통증은 차라리 시원한 느낌이었다. 지강은 울먹이는 목소리로 항변했다.

"뭐 신뢰가 있어야 배신을 할 거 아니에요?"

그거였다. 아버지와 지강 사이에는 신뢰가 없었다.

"뭐? 이 자식이!"

순간 왼쪽 뺨에서 불덩어리가 튀는 것 같았다. 우악스런 아빠의 손길에 얻어맞은 지강이 저만치 나뒹굴었다.

"에이씨!"

지강은 벌떡 일어났다. 가슴속에 뜨거운 것이 치솟는 것 같았다. 그대로 아버지를 잡고 벽에 밀어붙이고 싶은 마음이 일었다. 하지만 그때 눈앞에 떠오른 것은 은지였다. 갑자기 창문을 열고 아래를 내려다보며 잘 가라고 말했던 은지 얼굴이 생각나는 것은 왜일까?

"하라는 공부는 하지 않고. 한 번만 더 네 어미하고 통화했다는 이야기 내 귀에 들어와봐. 확, 이 집이고 뭐고 불살라버릴 거야."

지강이에게 손찌검으로 스트레스를 풀어서인지 약간은 기세가 꺾인 목소리였다. 지강은 그대로 점퍼를 걸친 채 집을 나와버렸다. 까만 밤하늘을 올려다보고 있는데 주루룩 눈물이 흘렀다.

'에이, 그지 같아.'

욕을 퍼붓고 나니 엄마까지 원망스러웠다. 아버지에게 연락한 이유는 무엇일까? 백인과 결혼해 산다는 이야기는 처음 듣는 것이다. 아무 버스든 가장 먼저 온 것에 올라타서도 지강은 생각을 했다. 이런 엄마를 찾아가려고 했던 자신이 어이가 없었다. 세상에 맘 붙일 곳이 하나도 없었다. 흔들리는 버스에서 눈을 감았는데 뜨거운 눈물이 끊임없이 흘렀다. 그때 은지에게서 문자가 왔다.

잘 들어감?

은지는 지강이 도착할 때까지 집 앞에 나와 바장였다. 오피스텔 1층의 편의점이 환하게 불을 밝히고 있었다. 지강이 버스에서 내리자마자 은지는 다가와서 손을 잡았다. 버스 안에서 지강은 문자에 답을 했었다.

아빠한테 맞음.

은지는 밝은 곳으로 와서 지강의 왼쪽 얼굴이 퉁퉁 부어 있는 것을 보며 어쩔 줄 몰라 했다.

"어떡해! 어떡해!"

"괜찮아. 안 다쳤어."

"어떡해! 학교 가야 되는데 눈에 멍들겠어. 잠깐만 기다려."

은지는 집에 올라가서 수석으로 쓰는 동그란 옥돌을 가지고 내려왔다.

"이걸로 문질러."

받아 든 옥돌은 따뜻했다.

"가스레인지에 조금 구웠어."

가슴이 따뜻해졌다.

"그걸로 계속 굴려. 옛날에 계란으로 눈 멍든 거 마사지하던 게 생각났어."

모기가 덤벼드는 밤, 지강은 따끈한 옥돌을 광대뼈에 굴리며 멋쩍게 서 있었다. 우습게도 세상에서 가장 큰 위로를 받은 느낌이었다.

두 아이는 밤길을 손잡고 걸었다. 은지가 이것저것 물었다.

"너희 아빠 너무하셔. 아무리 회사가 망했어도 네가 무슨 잘못이 있다고 널 때려?"

"엄마 얘기를 했어."

지강이 자초지종을 말하자 은지도 갑자기 고개를 숙였다.

"내가 위로받으려고 문자 보낸 건데 널 위로해야 되네."

"너는 또 무슨 위로?"

"나도 엄마 만났었어."

문자를 보낸 것은 은지도 지강의 위로가 필요했기 때문이었다.

"분당에 간 거야?"

이제는 지강이 묻기 시작했다.

"응. 지난주에."

은지는 용기 내서 김밥집 앞을 몇 번 왔다 갔다 하며 안을 들여다보았다. 어쩐 일인지 다른 아줌마가 일하고 있었다. 들어가서 엄마는 어디 있냐고 물어보고 싶었지만 안에 있는 낯선 아줌마는 김밥을 싸느라 정신이 없었다. 허탕 치고 말 것만 같아 한참을 망설이다 은지는 전철역 쪽으로 떨어지지 않는 발걸음을 돌렸다. 그 순간 저만치에서 마주 오던 엄마와 눈이 딱 마주쳤다.

"은지야!"

"어, 엄마."

"어떻게 여기 왔어? 나 여기서 일하는 거 어떻게 알았어?"

"그, 그냥."

엄마는 장을 봐온 눈치가 분명했다. 검은 비닐봉지 밖으로 파가 자기를 봐달라고 손짓하는 듯 너풀거렸다.

"너 여기서 기다려."

엄마는 장바구니를 가게에 두고 안에 뭐라 뭐라 이야기를 했다. 잠시 후 앞치마를 벗어 들며 밖으로 나왔다.

"저 아줌마랑 교대해줘야 되는데 10분만 좀 기다려달라고 말했어. 그나저나 여기 어떻게 알고 왔어?"

"엄마 친구한테 물어봤어."

"이런 데 쫓아다니고 그러지 마. 지금 공부해야 될 시간이잖아?"

"알아. 하지만 나도 얼마나 이를 악물고 공부하는데."

"엄마도 이 악물고 돈 벌고 있는데 꾹 참고 살아야지. 나중에 어른이 돼서 만나. 엄마도 지금 돈 벌어서 너랑 함께 살려고 준비하고 있어."

"엄마. 나 지금이라도 집 나오고 싶어. 너무 싫어."

"하지 마. 엄마는 지금 몸 하나도 굴릴 곳이 없어."

"그냥 같이 한 이불 덮고 자면 되잖아, 엄마."

은지는 설움에 복받쳐 엄마와 같이 살고 싶다고 이야기했다. 길바닥에서 지나가는 사람들이 힐끔거리며 쳐다봤다.

"얘가 엄마 일하는 데 와서 왜 이래? 빨리 집에 가."

엄마는 품에서 되는 대로 돈 몇만 원을 꺼내 은지의 손에 쥐어 줬다.

"돈 필요 없단 말이야."

받은 돈을 집어던지고 은지는 울면서 지하철역을 향해 달려 갔다.

"엄마 아빠 같은 거 필요 없어."

지강과 은지는 각자 눈물을 훔쳤다. 둘은 어떻게 이렇게 불쌍한 걸로 통하는지 알 수 없었다. 흐느끼는 은지의 들썩이는 어깨를 지강은 조심스럽게 꼭 안아주었다. 뭔가 해야 될 것 같았다. 위로해줄 말이 필요했다. 상처 입은 짐승 같은 두 아이는 서로를 끌어안았다. 따뜻한 몸이 체온을 나눴다.

"은지야."

떨리는 숨결로 은지를 품에 안자 지강의 가슴은 터질 듯 뛰었다.

은지를 집까지 바래다주러 온 지강은 아빠에게 받았던 상처를 위로받는 느낌이었다. 한결 밝아진 얼굴로 두 아이는 편의점 앞 하얀 불빛 앞에 섰다.

"들어가."

"너도 조심해. 아빠한테 맞지 말고."

"아빠 지금 나갔을 거야. 괜찮아."

쓸쓸하게 돌아서는 은지를 보다 갑자기 지강은 등 뒤에 불쑥 내뱉었다.

"은지야, 우리 여행 갈래?"

양양 가는 버스

동서울터미널은 연휴를 맞아 어딘가로 떠나는 사람들로 붐 볐다. 인터넷으로 미리 표를 끊어놓은 지강과 은지의 좌석 번 호는 37번과 38번이었다. 두 아이는 배낭을 메고 양손에는 먹 을 것을 잔뜩 든 채 버스에 올랐다. 번호를 살피며 뒤로 쭉 들 어갔다. 37번과 38번 자리는 나란히 붙어 있는 맨 뒤에서 두 번 째 자리였다. 은지가 37번 창가로 들어가 앉았다. 짐을 머리 위 선반에 얹고 두 아이는 나란히 자리를 잡았다. 사람들은 좌석을 찾아 속속 버스에 올랐다.

"날씨가 안 좋네."

은지가 창밖을 내다보며 중얼거리듯 말했다. 꾸물꾸물 하늘 은 흐렸다.

"웅. 비가 좀 온다고 했어. 하지만 대관령 넘어가면 날씨가 괜찮대."

"다행이네."

두 아이는 가슴이 콩콩 뛰는 것을 느꼈다. 이렇게 단둘이 여행을 가는 것은 상상도 못한 일이었다. 주말 직전의 금요일이 한글날인 황금연휴였다. 사람들은 울긋불긋한 옷을 입은 채 버스에 오르고 배웅하는 사람들도 나와서 버스 쪽으로 손을 흔들어주었다. 시간이 되자 버스가 출발하려고 움직였다. 빈자리 없이 버스는 꽉 차 있었다. 그야말로 연휴의 위력이었다.

지강은 스마트폰에 은지가 좋아할 만한 음악을 잔뜩 깔아놨다. 이어폰을 양쪽에 나눠서 하나씩 끼고 듣는 동안 버스는 서서히 복잡한 도심을 빠져나가기 시작했다. 기다렸다는 듯 차창 밖에 빗방울이 툭툭 떨어졌다.

은지 아빠는 연휴 동안 지방의 작은 공사장을 맡았다고 했다. 급한 공사여서 당분간 서울에 못 올라온다고 말했다. 지강의 아빠는 며칠이고 사장을 쫓아다닌다며 얼마 전 문자가 왔다.

> 사장에게 돈을 받아내야만 다른 회사로 갈 수 있다.
> 혼자 밥 잘 챙겨 먹어라.

한마디로 두 아이는 황금연휴에 공교롭게도 집에 혼자 남은 거다. 아니, 다르게 말하면 버려진 거나 마찬가지였다.

지강은 갖고 있는 적은 돈을 모두 털어 속초에 있는 콘도 하나를 예약했다. 두 아이는 그곳에서 오붓한 시간을 보내다 올 생각이었다.

지강은 지갑 안에 넣은 아버지의 주민등록증을 만져보았다. 운전면허증만 있으면 된다고 아버지는 주민등록증을 집에 놔두고 다녔다. 그걸로 예약을 하고 체크인 할 때는 아버지가 먼저 해놓으라고 했다 하고 콘도에 들어갈 생각이었다. 물론 가슴이 살짝 두근거렸다. 거울을 보면서 연습도 여러 번 했다.

'아버지 지금 주차하고 계세요. 예약한 방 주세요.'

거울을 보고 수십 번을 어투와 억양을 바꿔가면서 자연스럽게 하려고 애를 썼다.

버스는 강변으로 나가 이내 국도로 올라타더니 고속도로 쪽으로 움직였다. 도로는 연휴 시작이라서 그런지 이미 막혀 있었다. 그래도 버스 안에 탄 사람들은 여유를 즐기는 기분이어서인지 흥겨운 표정들이었다.

"이거 먹을래?"

은지는 삶은 계란을 꺼냈다.

"응, 고마워."

사실 아침을 먹는 둥 마는 둥 해서 지강은 배가 고팠다. 계란을 소금에 찍어 먹자 은지는 사이다도 권했다.

"목 막혀. 마셔."

계란에 사이다. 광고에서 많이 보던 조합이었다. 뻑뻑한 입안에 사이다가 들어가자 긴장이 풀리며 서서히 놀러가서 어떻게 지낼까를 생각하게 되었다. 한 번도 이런 여행을 가보지 않은 지강이었다. 아니, 여행이라는 걸 별로 가본 적이 없었다. 가정이 해체된 뒤 여행은 온전한 가정의 전유물이라는 것을 지강은 뼈저리게 느꼈다. 그것은 은지도 마찬가지였다. 그들의 심리 저변에는 온전한 가정을 지켜내지 못한 엄마와 아빠에 대한 반항심도 있었다.

여행 가자고 한 지강의 제안을 은지는 며칠 뒤 학교에서 대답했다.

"나 갈래. 여행."

"정말?"

"응. 네가 알아서 준비해. 어디든 갈 거야."

이 여행을 성사시키려 지강은 시간만 나면 스마트폰으로 여행 사이트를 검색했다.

음악을 듣고 있으니 서서히 졸음이 왔다. 은지는 유리창에 머리를 기대고 눈을 붙였다. 지강도 눈을 감았다. 흔들리는 버스는 쉬이 잠들게 만드는 효과가 있었다. 얼마나 잠들었을까.

"아유. 비가 많이 오네."

낯선 아저씨 목소리에 지강은 눈을 떴다. 은지의 고개는 어느새 지강의 어깨에 얹혀 있었다. 버스는 여전히 고속도로를 기어가고 있었고 비는 폭우 수준으로 내렸다. 버스 기사는 앞 유리창 와이퍼를 최대 속도로 움직였다.

"소나기가 아닌가 봐."

"일기 예보 보니까 비가 좀 온다네요."

승객들끼리 서로 창밖을 내다보면서 한마디씩 주고받았다. 하필이면 이렇게 날씨가 안 좋을 때 여행을 가나 싶다는 둥 여기저기에서 구시렁대는 소리가 들렸다. 휴게소 들를 때도 비가 와 사람들은 우산을 쓰고 종종걸음으로 화장실을 다녀왔다.

"나 화장실."

은지의 말에 지강은 준비해놓은 우산을 가방에서 꺼내 들고 함께 빗속을 달렸다. 폭우 속에서 우산 바깥으로 나갔던 어깨가 촉촉이 젖어 있었다. 그래도 두 아이는 즐거웠다. 이렇게 같이 한 우산을 쓰고 간식을 사가지고 고속버스로 들어올 수 있다는 것이.

버스에 올라타니 앞에 앉았던 아주머니 한 사람이 화장실에 다녀온 기사에게 물었다.

"기사님, 이래서 차 갈 수 있겠어요?"

"걱정하지 마십시오. 새로 생긴 고속도로로 정시에 모시도록 하겠습니다."

새 고속도로가 생겼다는 걸 지강은 그때 처음 알았다.

버스는 다시 출발했다. 두 아이는 밀린 잠을 다시 청하며 잠에 깊게 빠져들었다. 지강과 은지가 탄 버스는 새로 닦은 고속도로를 줄기차게 달려갔다. 폭우를 뚫고.

멈춰 선 고속버스

도로는 정체되고 있었다. 버스는 문막을 갓 지나 강원도 산악 지대를 뚫고 가다 서다를 반복하다가 결국은 완전히 서버렸다.

"이거 고속도로가 아니라 저속도로구먼."

"주차장이야, 주차장."

차 안에 있는 사람들이 수군댔다. 아무리 연휴라지만 아예 차가 도로 위에 몇십 분씩 서 있는 건 문제였다. 비는 그칠 줄 모르고 계속 내렸다.

기사가 여기저기 전화를 걸어보더니 일어나서 좌석의 손님들을 바라보며 말했다.

"저기요. 좀 오래 걸릴 것 같습니다."

그의 얼굴빛이 좋지 않았다.

"앞에 가는 차에게 물어봤더니 새로 난 고속도로인데 사방 공사 해놓은 게 빗물에 무너졌다고 합니다."

"사방 공사가 무너져요?"

"네. 지금 비가 하도 와서 산사태가 여러 곳에서 났답니다."

산악 지대에 길을 내다 보니 산사태를 막는다고 해놓은 공사가 폭우로 무너져내린 것이었다.

사람들은 모두 창밖을 내다보았다. 승객들의 속을 아는지 모르는지 비는 계속 내리고 있었다. 강원도로 접어들 때부터 이미 폭우 수준이었다.

"아, 큰일이네. 이거 길이 끊기면 어떡하지?"

사람들이 걱정스러워하자 기사는 텔레비전 뉴스를 켜보았다. 기상 특보가 나오고 있었다. 강원도와 경기 지방 일부에 시간당 50밀리미터의 폭우가 내린다는 소식이 흘러나왔다. 가을철 기상 강우량으로는 40년 만에 처음으로 맞는 폭우라는 거였다. 이어서 교통 상황도 나왔다. 고속도로 인근 여러 곳에서 산사태가 나서 길이 무너지고 막혔다는 소식이 이미 뉴스를 뒤덮다시피 장식하고 있었다.

"이거 봐. 경찰도 오지 않고 이거 어떻게 된 거야?"

"사람들을 구조해줘야 할 거 아냐?"

승객들은 여기저기서 아우성이었다.

"우리나라는 틀렸어. 공사를 하는 놈들이 다들 돈 빼돌리니까 개판이야."

"얼마나 썩었으면 개통한 지 얼마 안 된 고속도로에 산사태가 나냐고."

어떤 아저씨가 승객들 들으라는 듯이 외쳤다. 그러자 지강이의 앞자리 34번에 앉은 사내가 점잖게 한마디 했다.

"전부 다 그렇지는 않습니다. 우연히 사고 난 걸 가지고 너무 그러지 마세요."

"뭐예요? 내가 공사판에서 잔뼈가 굵은 사람이에요. 얼마나 많이 떼어먹고 개판인지 아십니까?"

아저씨들끼리 가볍게 언쟁을 하자 아줌마들이 여기저기서 받았다.

"맞아, 맞아. 우리 아파트도 하자투성이예요."

답답한 마음에 한두 마디씩 구시렁대고 나자 버스는 다시 조용해졌다. 앞뒤로 고속도로의 차들이 오도 가도 못하는 광경은 마치 재난 영화의 한 장면 같았다. 지강과 은지는 가방에 넣어둔 간식을 꺼내 먹기 시작했다. 시간은 이미 오후 두 시가 넘어 점심시간을 훨씬 지나 있었다. 사람들이 배가 고픈지 여기저기서 각자 준비한 음식들을 먹는 것이 보였다.

"화장실 가야 되는데 문 좀 열어줘요."

부부가 기사에게 말하자 고속버스 문이 열렸다. 버스는 시동을 끈 지 벌써 오래였다. 열린 문으로 습한 냉기가 밀고 들어왔다. 사람들은 고속도로 갓길의 가드레일을 넘어가 각자 알아서 우산을 받쳐놓고 빗속에서 용변을 보았다.

"이거 6·25 때 난리는 난리도 아니구먼."

"그러게 말이야."

우산 쓴 사람들이 차와 차 사이로 왔다 갔다 하며 차를 돌릴 방법이 없나 찾아보았지만 고속도로 분리대는 너무 탄탄했다. 차가 한 대도 오지 않는 반대편으로 넘어갈 수가 없었다. 몇 사람이 고속도로 분리대를 밀어보았지만 꿈쩍도 하지 않았다. 쏟아지는 폭우 속에서 방법이 없었다.

그때 은지가 말했다.

"핸드폰 배터리 아껴."

"설마 배터리 다 닳을 때까지 안 올까?"

아닌 게 아니라 핸드폰 배터리는 빠르게 줄어들고 있었다.

"GPS를 켰잖아."

아까 어디쯤 왔나 확인하려 켰던 걸 끄지 않았다.

자다 깨다를 반복하다 보니 어느덧 해가 지기 시작했다.

"아, 배고파 죽겠는데 큰일이네."

버스 앞쪽에서 누군가가 들으라는 듯 중얼댔다.

그때 김이 서려 온통 뿌연 창밖으로 초록색 옷을 입은 군인들이 지나다니는 게 보였다. 그들은 군용차를 타고 무너져내린 산사태 지역을 찾아왔다. 차에 설치된 스피커로 위무 방송을 해주었다.

"여러분! 잠시만 기다리십시오. 지금 군에서 도로를 긴급 복구하고 있습니다."

차 밖에 있던 기사가 물었다.

"얼마나 오래 걸릴까요?"

"모르겠습니다. 지금 중장비 투입을 하는데 산 절삭면이 물을 잔뜩 머금어 위험해서 더디게 진행 중입니다."

사람들은 난감했다.

"에이, 걸어서 가야겠다."

등산객 서너 명은 기사에게 버스 밑에 넣어둔 배낭을 꺼내달래서 고속도로 갓길로 왔던 길을 되돌아갔다. 이미 걸어서 도로를 빠져나가는 사람들이 많이 보였다.

"우리도 걸어갈까?"

은지가 물었다. 하지만 지강과 은지는 등산객이 아니었다. 한껏 멋을 낸다고 은지는 원피스에 낮은 굽이 있는 구두까지 신고 있었다. 폭우를 뚫고 어둠 속을 걸어서 빠져나갈 수 있는 상황이 아니었다.

어느새 해가 져서 사방은 깜깜해졌다. 버스 안에 있는 사람들이 캠핑용 랜턴을 켜기 시작했다. 가끔 추울까 봐 기사가 시동을 걸어 공기를 데워주는 게 할 수 있는 일의 전부였다. 잠을 청하는 사람도 있었지만 가장 큰 문제는 배고픔이었다. 한 아주머니가 버스 아래 화물 담는 곳에서 상자 하나를 들고 올라왔다.

"고향 집에 가져가려던 떡인데 나눠 먹읍시다."

잔치떡이었을, 두부처럼 잘라놓은 흰 백설기를 나누어주었다. 승객들은 고맙다며 탄수화물 폭탄인 백설기를 받아 한 입씩 베어 물었다. 배고픈 김에 지강과 은지도 떡을 하나씩 받아 입에 물었다.

밤이 깊어가자 사람들은 주섬주섬 두꺼운 옷을 꺼내 입거나 담요 같은 것을 덮었다. 난민들의 버스가 바로 이런 것인가 싶었다. 여기저기서 두런두런 이야기 소리가 들렸다.

"에이, 고속도로 하나 제대로 못 만들고."

아까 그 아저씨가 허공에 중얼댔다. 그러자 역시 34번 아저씨가 대거리했다.

"우리나라가 공사를 못하는 게 아니에요. 외국 가서는 잘하거든요."

"……"

머쓱했는지 그 말에 버스 안은 다시 조용해졌다.

"할 일도 없는데 제가 재미난 얘기나 하나 해줄까요?"

재미난 이야기라는 말에 지강이는 귀를 기울였다. 은지가 기다렸다는 듯 말했다.

"아저씨, 재미있는 이야기 해주세요."

"그래, 그럼."

앞쪽에 앉아 잠을 청하는 시늉을 하는 사람들도 귀를 쫑긋하고 있는 게 느껴졌다. 은지의 응원에 신이 난 34번 아저씨는 어둠 속에서 반듯하게 앉아 자신이 이 세상에서 가장 신기한 이야기를 알고 있다는 듯한 표정으로 말문을 열었다.

"여러분, 아시겠지만 우리나라가 이렇게 잘살게 된 건 중동 건설 덕분 아니겠습니까? 1980년대 시작된 중동 건설붐, 기억들 하시지요?"

버스 뒷부분에 둘러앉은 사람들 가운데 그것을 기억하는 사람은 별로 없었다. 아까 떡을 꺼내온 앞쪽 6번 자리 아주머니가 말했다.

"그럼. 우리 시아주버니가 그때 돈 벌러 갔다 왔었어요."

"아, 그러면 잘 아시겠네요. 그때 혹시 건설 노동자가 사우디에서 현지 사람을 차로 쳐서 죽인 사건이 있었는데, 기억하세요?"

"들어본 것 같아요. 아마 그 남자가 죽은 사우디 사람 대신 마누라들 거느리고 살았다던데."

"맞습니다. 그 이야기를 아시네요. 워낙 유명한 이야기니까요. 그 노동자의 이름은 현성기업에 있는 김상복 씨입니다. 제이야기는 100퍼센트 실화입니다. 재미가 있을지 모르겠지만 들어보시지요."

100퍼센트 실화라고 할수록 지어낸 이야기일 가능성이 컸지만, 지강과 은지는 할 일도 없던 차에 아저씨의 이야기에 귀 기울였다. 다른 승객들도 마찬가지였다. 아저씨는 제법 이야기를 재밌게 하는 언변을 가지고 있었다.

"그럴 게 아니라 마이크 잡고 하시오."

등산객들과 대학생들이 내려버려 비게 된 3, 4번 자리에 누워 있던 기사 아저씨가 34번 아저씨에게 버스 안 노래방 마이크를 건네주었다.

교통사고

때는 1983년이었다. 아파트를 건설하기 위해 사우디아라비아에 도착한 김상복은 벌써 1년 넘게 건설 현장에서 뛰고 있었다. 고국에 남아 있는 아내와 아들과 딸, 세 식구를 위해 그는 사막의 거친 모래바람을 맞으며 일을 하고 돈을 버는 중이었다. 사막의 모래는 가늘고 부드러웠다. 눈에는 고글을 쓰고 입에는 마스크를 한 채 김상복은 건설을 독려했다. 그가 짓는 것은 주베일 항 부두 노동자들이 살아야 하는 아파트였다.

"정주영 회장 순 엉터리 아니야?"

건설 소장이 말했다.

"아니, 왜요?"

"사막 모래를 퍼다가 건설한다는데, 사막 모래는 너무 고와서 쓸 수가 없어."

사막에 대한 일화가 있었다. 1973년의 중동 건설 붐은 세계적으로 석유값이 상승함에 따라 산유국들이 오일 달러를 넘치게 벌어들이면서 시작되었다. 그들은 언젠가 고갈될 자원인 석유를 팔아 자국의 산업 기반 시설을 건설하려고 발버둥을 쳤다. 이때 한국의 건설사들이 이 사업에 참여해 오일 달러를 많이 벌어왔다.

다들 어렵다고 할 때 현대건설의 고 정주영 회장은 '중동은 사방이 모래이니 그걸로 공사를 하면 된다'고 했다. 하지만 사막의 모래는 그 입자가 너무 작아서 건축 자재로 사용하기가 어렵다. 이 모래들은 거의 먼지에 가깝다고 할 수 있을 만큼 입자가 곱다. 그래서 사막의 나라에서는 건설을 하려면 토사장에서 파낸 깊은 땅 속 모래나 강이나 바다의 모래를 써야 한다. 게다가 사막의 모래 가운데 적당한 것을 찾아내려면 사람이 사는 곳에서 멀리 떨어진 오지까지 가야 하는 탓에 운송비도 막대하게 들었다. 다행히 공사를 시작해 콘크리트를 타설하면 빠르게 건조되는 덕에 공기(工期)는 착착 줄어들었다.

격한 노동에 시달리는 노동자들은 낙이 없었다. 중동에서는 술과 고기를 계율로 금하기 때문이었다. 술은 몰래 숨어서 밀주를 담가 먹기도 하지만, 만일 적발되면 엄청난 처벌이 기다리고 있었다.

휴일 쉬는 비번이 된 김상복은 시내에 볼일이 있어 차를 몰고 나갔다. 아내가 보내온 편지를 떠올리며 김상복은 마음이 약간 우울했다.

여보, 집주인이 월세 보증금을 올려달래요.
당신이 노력하고 애쓰는 건 알지만, 적금한 돈을 조금은 깨야 될 것 같아요.
어쩌면 좋죠?
당신의 피땀을 알기 때문에 한 푼도 쓰면 안 된다고 알고 있는데 애들과 살아야 되니까 어쩔 수가 없어요.

김상복의 아내는 청주 시내에서 아이들과 반지하에 살고 있었다. 김상복은 가난한 집안의 아들로 태어나 건설 노동을 하다 이곳 사우디까지 오게 된 것이다. 현대건설의 주베일 항만 하청 공사를 맡아 아파트를 건설하는 현성기업의 노동자로 왔지만, 아파트가 건설되는 3년 동안은 꼼짝 못 하고 일을 해야만 했다. 공사가 끝나면 집 한 채 살 수 있을 정도의 돈을 모을 수 있다는 신념만이 그를 붙잡고 있었다. 아내는 보내주는 돈을 꼬박꼬박 저축하고 있었지만 이사를 가야 할 것 같다는 연락을 해왔다.

그렇게 하라고 간단한 답장을 써서 우체국에 부치러 나온 길이었다. 우체국 길을 끼고 돌아서 차를 몰며 고국에 있는 가족을 생각할 때였다. 갑자기 앞에 하얀 옷을 입은 사우디 사람 한 명이 나타났다.

"흡!"

김상복은 급히 브레이크를 밟았다. 그러나 아까까지만 해도 멀쩡하던 브레이크가 듣지를 않았다. 자동차는 속도를 줄이지 않은 채 그 사내를 그대로 쳐서 허공에 띄워 올리고 말았다. 끔찍한 장면이 눈앞에 펼쳐지는 순간, 김상복은 머리가 아득해지는 것을 느꼈다.

"이거 참 곤란하게 되었습니다."

회사에서 고용해준 기업 전담 변호사는 진땀을 흘리며 김상복에게 말했다.

"뭐가 말씀이십니까?"

사우디의 감옥에 갇혀 있게 된 김상복은 변호사에게 답답한 심정을 토로하며 물었다.

"저쪽 변호사를 통해 검사 측에서 타협안을 제시했습니다."

"타협이라니요?"

김상복은 사우디 사람을 죽였다는 이유로 현지법의 적용을 받아 감옥에 구속되어 있었다.

"사우디에서는 교통사고 같은 과실치사로 어느 집의 가장을 죽이게 되면 그 가정을 책임져야 한답니다."

"제가요? 저희 가정도 책임지지 못하고 있는 제가요?"

사우디아라비아의 헌법은 통치기본법이 아니라, 통치기본법 제1조에 명시된 대로 '지고하신 알라의 경전과 순나'다. 지고하신 알라의 경전은 쿠란을 의미한다. 제7조는 다시 경전과 순나가 통치기본법 및 사우디아라비아 내 모든 법을 지배한다고 명시한다. 그러나 쿠란과 순나는 구체적으로 세세한 것까지 정하고 있지 않다. 통치기본법이 이를 명시할 뿐이다. 따라서 비록 공식적으로는 헌법이라는 지위를 부여받지 못하였지만, 통치기본법이야말로 사실상 현대적 의미의 헌법이라고 할 수 있다.

"알고 있습니다. 하지만 이곳 법이 그렇습니다. 그게 아니라면 평생 감옥에서 사셔야 합니다. 사형도 시킬 수 있지만 고국에 자녀가 있다는 이유로 사형만은 면할 수 있을 것 같습니다. 어쩌시겠습니까?"

김상복은 하늘이 무너지는 것 같았다.

"정상 참작도 안 됩니까?"

"이게 최선입니다. 다행히 저쪽 변호사 측에서 사정을 크게 봐준 것입니다."

오랜 고민이 이어졌다. 배운 것 없이 고생하는 자신에게 시집을 와서 평생 허리 펼 날 없었던 아내와 건설 현장으로 돌아다니느라 가난을 벗어나지 못했던 자신이 아니던가. 이제 아이들이 막 커가는 시점에 그들과 다시는 만날 수 없는 청천벽력 같은 상황이 벌어지고 말았다. 고의도 아닌 실수와 사고로 벌어진 일이었는데, 이렇게까지 혹독한 처벌을 받아야만 하는 것인지 알 수 없었다. 편지를 쓰려 했지만 사우디에서는 죄인은 편지도 금지였다. 죄인이었기 때문에 여권까지 빼앗기고 말았다. 면회를 온 소장이나 같이 일하는 사람들은 모두 걱정은 하면서도 뾰족한 도움을 줄 수 없었다. 선택은 김상복의 몫이었다.

일주일 뒤 김상복은 결심했다.

'그래, 살아야 해. 이대로 죽을 수는 없어. 살다 보면 언젠가 가족을 볼 날도 있겠지.'

김상복은 변호사를 불러 자신이 죽인 무함마드의 가정을 책임지기 위해 가장 자리를 수락하고 말았다.

감옥에서 나오는 날, 검은 고급 승용차가 김상복을 태워 어딘가로 갔다. 찾아간 곳은 사우디 부촌의 커다란 대저택이었다. 김상복이 모습을 나타내자 변호사는 말했다.

"죽은 무함마드 씨는 부인이 넷이라고 합니다. 이 집에 기거하실 순 있지만 밖으로 나가실 순 없습니다. 여권과 모든 관계되는 서류도 부인이 보관하기로 조건이 걸려 있습니다. 이미 서류는 다 넘겼습니다."

이윽고 거실 문이 열리며 검은 상복을 입은 여인 넷이 들어왔다. 맨 앞에 있는 나이 든 여인이 첫째 부인이었다. 사우디 말로 뭐라 말하는데 통역이 전해주었다.

"인샬라. 신의 뜻에 의해 당신이 우리 가정의 가장 노릇을 하시게 되었군요. 이것도 다 어쩔 수 없는 일이니 머무시는 동안 저희들을 잘 이끌어주시기 바랍니다."

여인들 넷이 사우디의 예법에 따라 인사를 했다. 김상복은 그 자리에서 비틀거렸다. 말도 통하지 않는 이국의 여자들이 가득한 이 집에서 가장 노릇을 해야 하다니. 뿐만 아니라 여인들 뒤에 서 있는 자녀들도 십여 명 가까이 아랍인 특유의 큰 눈을 반짝이며 자신을 바라보고 있었다.

"그 이야기는 나도 들은 것 같아요."

버스 안을 고요히 퍼져 흐르던 이야기에 중간 열에 앉은 할아버지가 맞장구를 쳤다.

"우리 때 사우디에 노동하러 간 노동자가 사람을 죽여서 그 남편 노릇 하느라고 마누라들과 함께 산다는 소식을 들었지."

"맞습니다. 그때 그런 소문이 한국까지 퍼져 있었지요. 그런데 문제는 그다음입니다."

'그런데 문제는'이라는 말은 스토리텔러들이 자주 쓰는 말이다. 지금까지 안심하고 있던 사람들의 정서를 휘저어놓는 수법이다. 또 다른 반전이 있고 그 반전이 이야기 핵심을 보여주는 기법. '그런데', '이때', '한편', 이런 접속사들은 사람들의 가라앉은 흥미를 되살리는 효과가 있었다. 버스 안의 사람들은 어둠 속에서 다시 사내의 입을 주목했다. 지강과 은지도 어느덧 손을 꼭 잡은 채 이야기에 빠져 있었다.

"어떻게 되었습니까? 그다음 스토리가 있어요?"

"있지요. 대부분 거기까지만 소문이 났습니다. 그다음 이야기가 더 기가 막힌데 말이죠."

아파트

　김상복은 그렇게 팔자에도 없이 사우디의 어느 집 가장 자리
에 강제로 끼워넣어지고 말았다. 할 일이라곤 그 집안 대소사를
돌보고 챙기는 정도였다. 부인들의 위계질서는 분명했다. 큰 부
인은 놀라운 카리스마로 집안 전체를 장악하고 있었다. 그리고
늘 깍듯이 김상복을 가장으로 대해주었다. 제 시간이 되면 온
가족이 모여 식사를 마쳤고, 가족들은 자신의 맡은 바 업무를
소홀히 하지 않았다. 김상복이 할 일은 그저 가만히 앉아서 아
랍어를 배우는 것뿐이었다. 시간이 흐르자 어렵게만 느껴지던
아랍어도 유창해지기 시작했다. 간단한 인사를 배워도 그 안에
담긴 문화를 이해해야 자기 것이 되었다. 일주일에 한 번 오는
아랍어 개인 교수는 인사말부터 그런 내용을 설명해주었다.

"아쌀라무 알라이쿰."

우리말로 '안녕하세요'에 해당하는 말이었다. 하지만 정확하게 직역을 하면 '알라의 평화가 당신네들에게 있기를 바랍니다'였다.

"이슬람교를 믿는 사람들은 구원에 대한 확신은 없습니다. 그저 마지막 심판의 날에 저울을 달아서 착한 쪽으로 기울면 헤븐에 갈 수 있대요. 사람마다 어깨 위에 천사 둘이 앉아 있어요. 하나는 착한 일을 기록하고 또 하나는 나쁜 일을 기록한대요. 그래서 한 사람에게 인사하는 것이어도 양쪽에 있는 천사들까지 포함해서 '당신네들'이라며 복수로 인사를 하는 겁니다."

그렇게 1년, 2년 시간이 갔지만 김상복의 마음 한구석은 연락도 되지 않고 돌아갈 수도 없는 한국에 대한 그리움이 가득 차고 가득 차 있었다.

'내색해서는 안 돼. 잠시라도 내색을 하면 나는 감옥으로 가야만 한다.'

큰 부인은 분명히 첫날 말했다.

"당신은 가장으로서의 의무를 다하셔야 합니다. 인샬라, 이것이 신의 뜻입니다."

무서운 말이었다. 신의 뜻으로 죽일 수도 있다는 의미였다. 김상복은 내색하지 않고 그렇게 가족들을 위해 최선을 다했다.

말이 통하기 시작하자 큰 부인과 작은 부인들 사이에서도 대화가 이루어졌고 소통이 일어났다. 그들은 김상복의 성실함에 모두 반하였다. 집 안에 있는 사소한 물건이나 관리는 김상복이 알아서 다 했다. 권위적인 사우디 남자들이 상상도 할 수 없는 일을 그는 하고 있었다. 여인들은 그런 김상복의 가정적인 자상함에 모두 감탄했다.

그러나 사막에 보름달이 뜰 때면 한국의 보고 싶은 가족에 대한 그리움과 책임을 다하지 못한 걱정에 가슴이 찢어졌다.

"여보, 무슨 생각하세요?"

그날도 사막에 떠 있는 둥근달을 바라보고 있을 때 큰 부인이 와서 물었다.

"아, 아니요."

고여 있는 눈물을 황급히 닦으면서 고개를 돌렸다. 이곳에 산지도 어언 10여 년 가까운 세월이 흘렀다. 큰 부인은 뭔가 알았다는 듯하더니 거실로 그를 불렀다.

"당신, 한국에 있는 가족들이 궁금하지요?"

마침내 그녀의 입에서 가족들에 대한 물음이 나왔다.

"아, 아니요. 나는 이미 사우디에 뼈를 묻기로 했어요. 이대로 살아갈 것이오. 신의 뜻에 따라서."

"솔직히 말씀해보세요. 가족들 걱정되지요?"

"아니라는데 왜 그러시오. 괜찮아요."

"당신 감옥에 보내지 않을 거예요. 자, 여기."

큰 부인은 서류 봉투를 꺼내어 그 앞에 놓았다.

"이게 뭐요?"

"한국에 가는 비행기표를 끊었어요. 당신, 그동안 우리 집에서 가장 노릇 하느라고 수고했습니다. 우리 막내가 이번에 대학교에 들어가잖아요. 당신이 가장 역할을 잘 해준 덕분에 우리 아이들이 모두 가정의 평화를 지켰습니다. 이제 당신은 한국에 있는 가족들에게 돌아가도 좋습니다."

꿈인가 생신가 싶었다. 호랑이에게 물려가도 정신만 차리면 산다고 했다.

"아니오. 난 이대로 할 것이오. 내가 당신의 남편을 죽이지 않았소. 그것은 죽어도 갚을 수가 없는 큰 죄요."

"그 죄는 이제 다 갚았습니다. 이 비행기표로 한국에 가서 다시는 돌아오지 않아도 괜찮습니다."

큰 부인은 그렇게 말하고 방으로 들어갔다. 혼자 남은 김상복은 갑자기 어안이 벙벙했다.

"어허, 그거 참 대단한 이야기입니다."

듣고 있던 버스 안의 사람들은 모두 눈을 반짝였다. 김상복의 이야기가 흥미진진했기 때문이다. 지강이와 은지도 고개를 들고 말하는 아저씨의 어두운 실루엣을 바라보며 귀를 기울였다.

"그렇게 해서 어떻게 됐습니까?"

"다음 이야기가 궁금합니다."

"아저씨! 빨리요!"

은지까지도 다음 이야기를 재촉했다. 이럴 때 바로 입을 여는 것은 하수다. 사내는 빙긋 웃더니 물 한 모금을 마셨다.

"아, 목이 칼칼해서."

버스 안 곳곳에서 사람들은 눕거나 기대어 잠을 청하고 있었다. 지강은 알고 있었다. 눈을 감았지만 승객 대부분이 이야기에 귀를 기울이고 있다는 것을.

사우디 한국 대사관에 가서 묵은 여권을 반납하고 새로 만들었다. 그리고 큰 부인이 마련해준 티켓으로 비행기를 타고 김상복은 김포 공항에 내렸다. 그는 도착하자마자 택시를 잡아탔다.

"청주로 갑시다!"

택시 기사는 웬 장땡이냐 하는 표정으로 차를 몰았다. 무심천 옆, 우암산 밑의 낡은 다세대 주택 반지하에 살고 있는 것이 떠오를 때 그의 가족 상황이었다. 공항에서 아내에게 전화를 걸었지만 결번이었다. 김상복은 미칠 것만 같았다. 택시가 중부 고속도로를 달릴 동안 김상복은 뜨겁게 눈물을 흘렸다.

'과연 살아 있을까? 무사할까?'

"기사님. 원하는 대로 줄 테니 빨리 갑시다."

택시는 날아가듯 달렸다.

이윽고 전에 살던 동네에 도착하여 택시에서 내린 김상복은 꿈에도 그리던 골목길을 달려 들어갔다.

"여보! 여보!"

김상복이 눈물을 흘리며 달려간 순간 놀라운 장면이 나타났다. 마을 전체가 사라진 거였다. 낡은 다세대 주택이 가득했던 산동네에는 아파트 단지가 들어차 기억 속의 마을 모습은 찾으려야 찾을 수가 없었다.

"이, 이게 어떻게 된 일이야?"

김상복은 그 자리에 주저앉았다. 지금 같았으면 경찰서를 찾아가거나 동사무소를 방문했겠지만, 김상복은 그런 방법을 알지 못했다. 그저 옛집에만 찾아가면 가족들 소식을 들을 줄로만 알았던 것이다. 도롯가에 주저앉아 울고 있자 아파트 관리실에서 경비원이 나왔다.

"아니, 뭐 하는 사람인데 남의 아파트 앞에서 대성통곡을 합니까?"

"아저씨. 옛날 이 동네에는 이런 아파트가 없었는데요."

"재개발해서 싹 다 이렇게 새로 바뀌었지요."

김상복은 경비원에게 자초지종을 모두 털어놓았다.

"우리 아들 이름은 김민석입니다. 이 근처에 있는 화랑초등학교에 다녔어요. 소식을 알 수 없을까요?"

"글쎄요. 저도 이 동네 토박이이긴 한데. 혹시 그 빌라 집주인은 누굽니까? 이름 기억나세요?"

"오태성 씨인가 그랬어요. 이 마을에서 큰 슈퍼마켓을 하시는 부잣집이었어요. 우리가 그 집 반지하에 세 들어 살고 있었습니다."

"슈퍼요? 여기엔 재개발 전에 행복 슈퍼가 있었는데."

"아, 맞습니다. 행복 슈퍼였어요."

김상복은 지옥에서 부처님이라도 만난 심정이었다.

"그 슈퍼는 자리를 옮겨서 지금도 저기 아파트 상가에서 장사하고 있어요."

김상복은 미친 사람처럼 아파트 단지 안의 상가로 달려갔다. 허둥대며 깔끔한 슈퍼마켓 문을 박차고 들어갔다. 카운터에서 물건 값을 계산하고 있는 초로의 사내를 보니 10년이 지났지만 집주인이 맞았다. 과거 얼굴이 남아 있었다.

"사, 사장님!"

다짜고짜 슈퍼마켓 사장의 손을 붙잡고 늘어지자 주인은 당황했다.

"누, 누구십니까?"

"저요. 옛날 행복빌라 102호에 살던 민석이 아버지입니다. 사우디에 일하러 갔던 민석이 아버지요."

"아, 민석이 아빠."

그제야 기억이 났는지 사장의 주름진 얼굴에 반가움과 놀라움이 교차되어 흘렀다.

"우리 아들하고 우리 마누라 어디 있습니까? 이제 돌아왔습니다."

"아이고, 이 사람아! 이거 어쩜 좋아! 왜 이제 돌아온 거요?"

슈퍼마켓 주인은 눈을 휘둥그레 뜨고 김상복의 등을 두들겼다. 그 주인의 얼굴이 어두운 걸 보자 김상복은 절망에 빠지고 말았다.

"우리 가족들 다 죽었나요? 아비도 없이 어떻게 살았겠어요! 으흐흑!"

그 얘기를 듣자 슈퍼마켓 주인은 껄껄대며 웃었다.

"허허허! 이 양반 무슨 소리 하는 거예요? 당신이 사우디에서 돈 엄청 벌어 보내서 아주머니하고 아들 잘 살잖아."

"네?"

"아, 이 아파트 125동 2008호에 살고 있어. 오랜만에 오더니 집도 모르나?"

김상복은 울며불며 아내와 아들이 산다는 집으로 찾아갔다.

"여보! 나야! 여보!"

문을 연 사람은 나이는 먹었지만 김상복의 아내가 분명했다.

"아니, 당신!"

"여보!"

부부는 부둥켜안고 한없이 울고 또 울었다.

놀라운 비밀

"야, 대단한데요?"

"그런 일이 정말 실화란 말이오?"

버스 안의 승객들이 낮은 탄성을 자아냈다. 이야기를 맛깔나게 하던 사내는 말했다.

"김상복 씨가 사우디에서 구금이 되었을 때 한국에서는 놀라운 일이 있었습니다. 사우디 대사관에서 연락이 왔어요. 김상복씨의 가족을 만나보고 싶다는 거였습니다. 직원이 찾아와서 가족들이 반지하에 살고 있는 걸 보더니 사우디에서 보내왔다면서 그 당시에 상상도 할 수 없던 거금을 내놓았습니다."

"그랬군요."

"거금을 받은 아주머니가 옆에 있는 조그만 단독 주택으로 이사를 갔고 그 단독 주택이 재개발된 덕에 아파트를 번듯하게 분양받아 살게 되었어요. 매달 생활비도 사우디에서 꼬박꼬박 보내줬답니다. 아들 학비와 생활비를 모두 사우디에서 대주었어요."

"사우디가 아무리 돈 많은 나라지만 어떻게 그럴 수가 있습니까?"

"큰 부인이 시킨 거지요. 김상복 씨가 한국에서 어떻게 살았는지 보고, 남아 있는 가족들 챙겨주라고 사람을 보낸 겁니다. 사우디 일부다처제의 큰 부인이라는 게 그렇게 대단한 겁니다."

버스 안의 사람들은 일제히 감동의 박수를 쳤다.

"대단합니다."

"정말 전설 같은 이야기입니다."

"하지만 이야기는 아직 끝나지 않았습니다."

"또 있습니까?"

"그렇지요. 행복하게 가족이 살 줄 알았는데 그게 그렇지 않았던 겁니다."

김상복은 1년여를 아내와 정을 붙이고 살아보려고 했다. 같은 공간에 머물렀지만 둘 다 불편할 수밖에 없었다. 오래 떨어져 살았기 때문이다. 김상복은 다시 달이 뜰 때면 아파트 베란다에서 서쪽 하늘을 보며 수심에 잠겼다. 사우디에 남겨둔 가족들이 그리워진 것이다. 모든 것을 관장하던 큰 부인과 작은 부인들, 그리고 비록 피는 섞이지 않았지만 귀여운 자녀들. 자신이 그들의 아버지를 죽이고 이곳으로 돌아온 것이 큰 죄를 지은 것만 같았다. 그런 마음을 알아챈 김상복의 아내가 어느 날 물었다.

"여보. 당신 사우디에 있는 가족들 생각나지요?"

"아, 아니오."

김상복은 황급히 표정을 감추려 늙어 주름진 손으로 마른세수를 했다.

"다 알아요. 당신은 이미 이곳에서 적응할 수 없어요."

"……."

사실 김상복은 아무런 의욕이 없었다. 집안은 이미 잘 살게 되었고, 아들딸도 잘 자라서 번듯하게 제 할 일들을 하고 있었다. 뒤늦게 무슨 일이라도 해보려 했으나 손에 잡히지 않았다.

"나는 살 수 있게 됐으니까 당신은 사우디로 돌아가요."

"그게 무슨 말이오?"

"가도 돼요. 그리고 한국에는 언제든지 오고 싶으면 오세요. 사우디의 부인과 아이들도 당신 가족이죠. 팔자가 기구해서 만났지만."

"그게 무슨 말이오?"

"당신은 여기저기서 책임만 지워진 사람이에요. 나라도 놔줄게요. 그 책임, 벗어나세요."

그게 다였다. 결국 김상복은 눈물을 흘리며 며칠 뒤 사우디로 가는 비행기에 몸을 실어야 했다.

"야, 대단한 이야기입니다."

"그래서 어떻게 됐습니까?"

승객들은 김상복의 이야기에 감동을 받아 하회를 궁금해했다.

"그렇게 해서 김상복 씨는 양쪽을 번갈아 다니시다 지금은 돌아가셨습니다."

"대단합니다. 가장의 책임을 진다는 건 그렇게 힘든 일인데 그분은 두 나라의 가장이 됐군요."

"해괴한 이야기입니다."

버스 안의 사람들은 모두 재미난 이야기를 들었다는 듯이 기지개를 켰다.

"그래도 그 아저씨는 양쪽 집에 최선을 다했네. 책임감 쩔어."

지강의 혼잣말에 은지가 반응했다.

"너희 아빠도 너 먹여 살리려고 고생하신다며? 우리 아빠도 마찬가지고."

"뭘 그래? 우리 아빠는 나보고 빨리 독립해서 나가래. 아버지는 자연인이 되고 싶대. 텔레비전 보면 자연인들은 대개 남자 혼자 살잖아. 가족들도 다 버리거나 버림받았고. 그렇게 외롭고

쓸쓸하게 사는 게 뭐가 좋다고 그렇게 되고 싶다는 건지 모르겠어. 책임지기 싫어서 간 거 아냐?"

"그건 아닐 거야. 나도 처음엔 우리 엄마도 도망갔다고 생각했어, 무책임하게. 그런데 저번에 엄마 만났더니, 둘이 같이 살 방이라도 하나 얻으려면 더 열심히 일해야 한다면서 참고 있으라고 했어."

"미루는 게 책임일까? 중요한 건 지금 아냐? 넌 이렇게 슬픈데. 엄마를 언제까지 기다려? 다 클 때까지? 난 그런 무책임한 사람 되기 싫어, 우리 아빠처럼. 영화 〈레미제라블〉을 보면 장발장이 빵을 훔쳤다는 누명으로 19년간 감옥살이하다가 가석방 돼. 그리고 나와서는 신분 숨기고 돈도 많이 벌고 시장까지 되었는데 코제트를 딸로 키우면서 끝까지 누군가를 책임만 지다 죽었어. 그게 남자의 삶이라면 너무너무 괴로울 것 같아."

"그런 생각이 커지면 자연인 되는 거야. 여자들도 마찬가지야. 『여자의 일생』을 봐봐."

은지는 모파상의 소설 『여자의 일생』 스토리를 말해주었다.

수도원에서 나온 어린 잔느는 귀족을 만나 결혼을 하지만, 그 귀족이 불륜으로 자신을 배신해 아들인 폴에게만 기대와 사랑을 쏟는다. 하지만 아들 역시 엄마 잔느를 버린다. 그래도 작품의 말미에서는 또 엄마를 알 수 없는 폴의 딸을 잔느가 맡아 기르게 된다.

"여자 역시 책임지다 끝나잖아. 책임이 남자들만의 의무라고 생각하지 마. 인간이라면 자신이 벌인 행동에 대한 책임을 끝까지 져야 되는 것이니까."

"자신만이면 좋게, 남이 저지른 일도 책임져."

"하긴."

지강은 사장이 부도내고 도망간 회사를 살려보겠다고 고군분투하던 아버지를 잠시 떠올렸다. 그런 이야기를 나누다 보니 은지와 여행을 가는 행동은 과연 책임질 수 있는 행동인가 하는 생각이 문득 가슴속에 싹트기 시작했다. 아무 생각 없이 오로지 은지와 함께 있고 싶어 무작정 여기까지 오긴 했지만.

은지 역시 마찬가지였다. 자신을 챙겨주고 배려해주는 지강이 좋아 세상에 보복하는 기분으로 버스에 올라타긴 했지만, 예기치 못한 사건으로 버스 안에 갇혀 이런 이야기를 들은 것이 어떤 계시인가 싶었다.

그때 군인들이 버스에 올랐다. 손에는 빵과 우유가 가득했다. 선임자인 듯한 병장이 말했다.

"여러분, 안녕하십니까? 저희는 12사단 예하의 관철부대 소속 장병들입니다. 산사태로 얼마나 고생이 많으십니까? 저희가 비상식량을 좀 가져왔습니다. 드시고 허기를 면하시기 바랍니다."

군인들이 빵과 우유를 하나씩 승객들에게 나눠주었다. 배고픔이 졸음보다 더 컸는지 잠자던 승객들도 부스럭부스럭 덮었던 겉옷을 들추고 비상식량 격인 우유와 빵을 받았다.

"군인 양반들, 고맙소."

"수고가 많아요."

여기저기서 치하의 말이 들렸다.

"아닙니다. 많이 드십시오."

장병들이 절도 있게 대답을 했다. 그들이 입고 있는 우의에서 빗물이 방울방울 떨어지는 게 창밖으로 들어오는 자동차 불빛에 반사되어 보였다.

"길은 언제 뚫려요?"

그 말에 병장이 자신 있게 말했다.

"지금 저희 공병대가 열심히 길을 치우고 있습니다. 걱정 마십시오. 곧 뚫어 드리겠습니다."

"고마워요."

군인들이 내려가자 승객들은 부스럭대며 빵과 우유를 먹었다. 시간은 벌써 새벽 두 시를 향해 가고 있었다.

"에구, 군인들이 나라 지키려고 고생 많이 해요."

"국방의 의무니까요. 남자는 다 군대에 가야지요."

"우리나라 남자들 힘들어요."

아주머니들의 이야기 소리가 들렸다.

그때 빵을 다 먹은 아저씨 한 사람이 입을 열었다.

"또 누가 재미있는 이야기 있으면 해보세요."

그러자 갑자기 버스가 조용해졌다.

"어차피 저렇게 군인들 떠들며 돌아다니니까 잠자긴 그른 것 같아요."

밖에서는 군인들이 여전히 경광봉을 들고 다니며 자동차마다 비상식량을 나눠주고 있었다.

그러자 버스 중간 24번 자리에 앉은 아저씨가 통로에 서더니 입을 열었다.

"이런 이야기가 재밌으려나 모르겠습니다."

"왜요?"

"저 밖에 있는 군인들을 보니까 갑자기 생각나는 이야기가 있어서요."

그러자 앞자리의 젊은 여자 둘이 웃으며 말했다.

"혹시 군대에서 축구한 얘기는 아니죠?"

"허허, 아닙니다."

통로에 선 아저씨는 옆자리에 골반을 기대고 서서 말문을 열었다.

"우리 삼촌은 우리 집안이 자랑하는 수재였어요. 서울대를 나온 인재고요. 저희 아버지가 힘들게 뒷바라지한, 기대하는 동생이었지요. 이름은 하태우."

편지

1960년대 중반, 하태우는 서울대학교를 다니던 도중 ROTC 장교가 되기로 결심을 했다. 등록금 마련하기도 힘든 가정 형편이었지만, 장교로 지원해 군사 훈련을 받으면 등록금이 나오는 탓이었다. 물론 대한민국 남자라면 군대를 다녀와야 된다는 부담도 함께 해결할 수 있는 일거양득의 판단이라 생각했다.

"형님. ROTC 지원했습니다."

"잘했다. 어차피 가야 갔다 와야 할 군대, 장교로 갔다 오면 좋지."

집안의 장남인 형은 하태우의 이야기를 듣고 등을 두들겨주었다.

학교 다니는 내내 군사 교육을 받고 대학을 졸업한 하태우는 장교로 임관하기 전 훈련을 받기 위해 광주의 보병학교로 갔다. 마침내 하태우는 빛나는 소위 계급장을 군복에 붙이고 집으로 돌아왔다.

이때 동생인 하태은은 고등학교를 졸업하고 대학 진학을 포기한 채 큰형 집에서 전자기술을 배우기 위해 학원을 다니고 있었다. 당시 우리나라에 보급되고 있던 텔레비전과 라디오의 품질은 열악했다. 조금만 과열되면 망가지는 진공관으로 만든 조악한 전자제품과 라디오를 고치는 전파사가 동네마다 몇 개씩 있었다. 하태은은 그런 전파사를 차리는 것이 꿈이었다. 학원을 다니면서 저항이라든가 다이오드, 콘덴서를 납땜하면서 실습을 했다. 큰형의 아들인 초등학교 2학년 조카 하동구는 삼촌 태은의 그런 실습을 보며 흥미를 느끼곤 했다. 동구는 삼촌이 없을 때 혼자 납땜도 해보고 전자제품 학원 교재도 들춰보았다. 하지만 대부분 어린 동구가 이해할 수 없는 내용이었다. 그렇게 라디오를 만들면 소리가 난다는 것이 신기할 뿐이었다.

"편지요."

우체부가 그날도 집에 편지를 던져 넣었다. 하태은은 편지를 받아 읽고 자신의 개인 잡동사니 상자 안에 담아 보관해놓았다.

어느 날 학교에서 돌아온 하동구는 늘 하던 대로 삼촌 하태은의 방으로 건너갔다. 하지만 그날따라 납땜 도구로 장난을 하는 것도 재미가 없었다. 삼촌이 갖고 있는 책들도 다 읽은 것이었다. 심심해하던 하동구는 삼촌의 상자를 뒤지다가 편지 뭉치를 보게 되었다.

'이게 뭐지?'

세상에서 가장 재미있는 일 가운데 하나가 남의 편지를 읽는 것이 아니겠는가. 편지 뭉치를 꺼내 태우 삼촌이 태은 삼촌에게 보내온 편지들을 읽기 시작했다. 광주 보병학교를 마치고 후방인 광주에서 근무를 하고 있는 삼촌의 편지는 동생에게 군인 생활하는 자신의 고독한 삶을 담담히 토로한 것들이었다. 앞날에 대한 고민과 걱정이 가득 담겨 있는 편지 내용의 깊이까지는 아직 초등학교 2학년인 동구의 이해 대상이 아니었다. 이것저것 뒤적이며 편지를 읽던 동구는 이상한 내용을 하나 발견했다.

딸을 낳았다. 처음으로 새 생명이 나오니까 신기하기도 하고 걱정되기도 한다.

분명 총각인 삼촌이 딸을 낳다니. 아무리 어린 동구여도 그게 이상하다는 것 정도는 느낄 수 있었다. 그날 저녁 안방에서 동구는 어머니에게 말했다.

"엄마, 삼촌이 딸을 낳았대."

"무슨 소리야?"

밥상에 반찬을 올리고 밥을 푸던 어머니가 건성으로 물었다.

"작은 삼촌 편지를 읽었는데 거기에 큰 삼촌이 딸을 낳았다고 했어."

"그래?"

밥 푸던 손을 멈춘 어머니는 더 이상 묻지 않았다.

그날, 밤늦게 학원을 다녀온 태은은 안방에서 부르는 형의 호출을 받았다.

"태은이 건너와 봐라."

"예."

아무 생각 없이 안방으로 갔던 하태은은 형 앞에서 모든 것을 이실직고할 수밖에 없었다.

"그러면 삼촌이 현지에서 연애하다 살림을 차린 거요?"

딸 낳았다는 말을 듣고 이야기에 귀를 기울이던 32번 자리의 할머니가 두꺼운 옷을 덮고 누워 있다 물었다.

"그런 거지요."

옆에 있던 남자가 말했다.

"나도 내 친구가 군인 장교였는데, 옛날에 광주보병학교 앞이 대단했답니다."

"무슨 말씀이세요?"

"군인들이 훈련을 받으니까 훈련소 밖에 나가질 못해서 월급은 계속 쌓이는데 그거 쓸 시간이 없대요. 그러다가 훈련을 다

받고 교육 과정이 끝나면 휴가를 준답니다. 보병학교 생도들 휴가 나오면 광주 시내가 온통 들썩들썩한대요. 밀렸던 월급 다 가지고 청년들 수천 명이 풀려 나오니 술집이며 식당이며 잠자리며 옷가게며 완전히 경기가 후끈 달아오르지요."

"보병학교 앞에 여자들이 트럭으로 와서 기다린다는 말도 있었어요."

아저씨들이 주워들은 이야기들을 한마디씩 던졌다. 은지는 그 말을 듣자 나지막이 소리를 냈다.

"칫!"

"왜? 불편해?"

"아니, 여자들을 너무 상품 취급해서 기분 나빠."

"나도."

하지만 버스 안의 대화는 고등학생들의 이런 기분을 헤아려 주는 것은 아니었다.

"그래서 어떻게 됐습니까?"

"아저씨가 그 조카지요?"

이야기 듣던 사람들은 이미 그 대화의 세세한 부분을 알고 묘사하는 말솜씨에 그가 장본인임을 꿰뚫고 있었다.

"맞습니다. 제가 초등학교 다니던 어느 날, 학교에서 집으로 오는데 군복 입은 장교 한 사람이 교문 앞에서 날 기다리고 있더라고요. 저희 삼촌이었죠."

"동구, 오랜만이다."

군복을 입은 삼촌은 동구의 손을 잡고 집으로 돌아왔다. 동네 아이들은 모두 동구의 삼촌을 보고 따라왔다.

"우와, 우와! 밥풀떼기!"

"밥풀떼기다."

소위 계급장을 보고 코찔찔이 녀석들이 수군댔다. 그걸 본 하태우는 다정하게 말했다.

"이건 다이아몬드라고 하는 거야."

소위 계급장을 아이들이 잘 볼 수 있도록 낮춰주며 하태우가 말했다. 동구가 집에 돌아가보니 한복을 입은 앳된 여인 한 명이 긴장한 얼굴로 마당에 서 있었다.

"인사해라. 네 작은엄마야."

동구는 당황스러웠다. 편지의 내용을 읽고 자신이 일러바친 꼴이 되었기 때문이다. 이 모든 사태의 원인이 자신이었다.

이윽고 저녁이 되어 동구의 아버지인 형이 퇴근해 돌아오자 하태우와 여인은 안방에 들어가 큰절을 올렸다. 형은 돌아앉아 한숨만 내쉬었다. 삼촌이 낳은 갓난아기가 꾸물거리며 누워 있는 것을 보고 동구는 귀여울 뿐이었다.

"집안의 기대를 한 몸에 안은 수재가 사고를 친 거군요."

"그런 셈이지요. 요즘으로 치면 결혼도 하지 않고 아기까지 낳아서 살림부터 차린 거니까요."

"그래서 아버님은 받아들였습니까? 어쩌셨습니까?"

"애까지 낳았는걸요. 그 뒤로 딸 둘을 더 낳았습니다. 삼촌은 군대에서 말뚝을 박고 계속 장교 생활을 하셨어요. 옛날엔 그래도 군대가 괜찮은 직장이었죠. 예비역 중령으로 제대하셔서는 안보 전문가로 나섰어요. 자녀들 키우려고 논문 쓰면서 강연이나 세미나 등등 정말 열심히 다니셨죠."

사내는 삼촌을 그리워하는 듯 잠시 창밖을 내다보았다. 그의 눈에는 지나다니는 우의 입은 군인들이 남달라 보였던 것이다.

"그러다 결국은 뇌졸중으로 쓰러지셨고요."

"저런!"

여기저기서 탄성이 터졌다.

"매일 소주 한 병을 반주로 마셨어요. 뇌졸중으로 쓰러졌을 때 마침 병원이 제 사무실 부근이라 찾아갔는데 작은어머니가 저의 병문안을 거절하셨습니다. 작은아버지와 의사소통은 안 되지, 맺혔던 게 터져 나온 거지요. 결혼할 때 수모를 당했던 것 때문인지 결국 우리와 연을 끊었고요. 한참 뒤 삼촌은 돌아가셨다는 소식만 들었습니다."

버스 안에는 정적이 흘렀다.

"제 호기심이 화를 부른 거지요. 삼촌은 분명 계획이 있었을 텐데. 지나친 호기심이 두고두고 화를 부르는 거 같습니다."

사람들은 모두 고개를 끄덕였다. 할머니가 물었다.

"식은 올렸어요?"

"아뇨. 올린다, 올린다 하고 못 한 것 같아요."

"그래. 우리 때는 식도 못 올리고 사는 사람이 많았다. 먹고살기 힘드니까네."

그러자 다른 자리의 나이 지긋한 아저씨가 받았다.

"그래서 단체 결혼이라는 것도 있었잖아요."

"하모. 결혼식 못 올린 사람들 모아놓고 합동결혼식 하고 그랬어요."

옆자리가 조용해서 지강이 고개를 돌려보니 은지는 수첩에 뭔가를 끄적이고 있었다.

"뭐야?"

은지가 살짝 메모한 걸 보여주었다.

 스토리텔링 버스 안에서 들은 이야기.
 하태우 아저씨는 그래도 딸 셋 다 키우고 돌아가셨다.
 우리 엄마는 나 버리고 갔는데 ㅠㅠ.

은지는 글쓰기를 좋아하는 아이였다.

수시로 메모나 쪽지를 지강에게 전해주곤 했다. 글이라는 게 대개는 어디 책에서 베낀 구절이지만, 한번은 어디서도 보지 못

한 글을 카드에 적어 지강에게 준 적이 있다.

그대가 고난을 받고 있다는 건 누군가 그대의 성장을 막으려는
거다.
굳세게 저항하고 가던 길 가라.

"이건 무슨 뜻이야?"
"그냥 써봤어. 나도 명언을 만들어보려고."
"누군가가 누구야?"
"몰라. 마귀? 사탄? 호호."
지강은 은지가 이 세상에 무언가 일을 어렵게 하는 불순 세력
이라도 있다고 생각하는 것으로 여겼다. 은지가 준 그 글귀는
지강의 지갑 안에 지금도 꼭꼭 숨겨져 있었다.

"너희 엄마도 사정이 있겠지."
지강은 은지의 손을 잡아주었다.

글쓰기의 두려움

"저는 이 세상에서 제일 무서운 게 글인 것 같아요. 제 얘기 한번 들어보세요. 저는 복지관에 근무하는 사회복지사입니다. 이번 휴일을 맞아서 강원도에 있는 복지관과 자매결연을 맺어 보려고 사전 답사 가다가 이렇게 버스가 멈췄어요. 재미있을지 모르겠지만 제가 얘기해볼게요."

"자, 박수!"

19번 자리에 앉은 아저씨 한 사람이 분위기를 주도했다. 버스 안에 박수 소리가 조용히 퍼졌다.

"몇 년 전에 새로 오신 저희 관장님은 사회복지와 후원에 관 심이 많으신 분이었습니다. 후원금을 여기저기서 많이 받아오 시더니 어느 날 회의 중에 새로운 아이디어를 내라고 하시는 거예요."

"여러분, 제가 아는 기업 사장님에게서 1,000만 원을 후원금으로 받아왔습니다. 그런데 이 돈은 기존의 우리 복지관 사업과는 또 다르게 새로운 아이디어에 쓰라고 하셨어요. 그래서 여러분 중에 혹시 좋은 아이디어가 있는 분 말씀하시면 이야기를 듣고 그 사업에 쓸까 해요."

갑자기 아이디어를 내라고 하니 직원들은 서로의 얼굴만 살폈다. 머뭇거리고 있을 때 사회복지사인 이정자 과장이 손을 들고 말했다.

"관장님. 그러면 좋은 아이디어가 하나 있습니다. 손가락 네 개를 가지고 피아노를 치는 아이를 제가 알고 있어요. 그 아이의 모습이 얼마나 감동적인지 모르실 겁니다. 그 아이 이야기를 재미나는 동화로 쓰면 어떨까요? 동화를 써서 어린이들에게 독후감 대회 같은 걸 열면 아이들이 관심을 가지게 되고 장애에 대한 인식도 개선될 것 같아요."

참신한 아이디어였다. 관장은 박수를 치면서 말했다.

"그거 정말 좋은 아이디어입니다. 당장 실행하세요."

그렇게 해서 이 과장은 동화책을 발간하기 위한 사전 작업에 들어갔다.

"동화 작가 중에 누가 가장 유명하지?"

동화 좀 읽어봤을 듯한 직원들을 모아놓고 물었다.

"이은이 작가님이 좋아요. 우리 애가 재미있게 읽더라고요."

"황상미 작가님이 최고죠. 『동굴을 나온 암고양이』 최고예요."

여기저기서 아이를 길러본 사회복지사들이 자기가 읽은 동화의 작가 이름을 댔다. 그때, 이제 갓 입사한 신입 사회복지사가 조심스럽게 운을 뗐다.

"제 생각엔 이미 정해진 것 같아요."

"그게 누군데요?"

"이거는 말할 것도 없이 김청강 작가입니다."

김청강 작가는 장애를 가지고 있는 작가였다. 자신이 겪었던 경험과 장애인의 아픔을 작품으로 만들어 베스트셀러도 많이 내고 세상에 이름을 널리 알리고 있었다.

"김청강 작가는 우리 문학계에 장애라는 장르를 개척한 분입니다. 그분이 내는 책마다 베스트셀러가 되고 그로 인해서 사람들이 장애에 대해서 큰 관심을 갖게 되었지요."

"맞습니다. 그분에게 의뢰하면 좋은 작품이 나올 것 같아요."

"정답이네요."

그렇게 하여 회의는 일사천리로 끝이 났다. 김청강 작가가 연결되었고, 인터뷰까지 이어졌다.

"손가락 네 개로 피아노를 친다고요? 그게 말이 됩니까?"

이정자 과장과 젊은 신입사원이 집필실로 찾아가 만난 김청강 작가는 대뜸 의심부터 했다.

"그렇지가 않습니다."

이정자 과장은 설명을 했다.

"손가락은 네 개지만 얼마나 열심히 연습을 했는지 그 소리를 들어보세요."

이정자 과장은 컴퓨터로 동영상을 보여주었다. 쇼팽의 「즉흥환상곡」이 흘러나왔다. 네 손가락을 가진 앳된 장애아가 치는 곡이었다. 음악가 쇼팽이 가장 안정적인 삶을 살던 시기에 쓰인 곡. 그의 생전엔 발표되지 않았던 곡이 나중에 대중들에게 가장 사랑받는 곡이 되었다. 손가락 네 개로 하는 연주라 원곡의 물 흐르는 듯한 유장함은 사라져서 거칠고 다급했지만, 연주가 이어지는 것을 보자 휠체어에 등을 기대고 있던 김청강 작가는 상체를 벌떡 세워 화면을 향했다.

"이게 정말입니까?"

"네. 맞습니다. 직접 연주하는 거예요."

"어떻게 이렇게 할 수 있죠?"

"어머니께서 뒷바라지하시느라 아주 고생하셨죠."

"당장 씁시다."

그렇게 해서 김청강 작가는 피아니스트의 집으로 찾아가 연주를 듣고 인터뷰도 하며 이것저것 물어보게 되었다. 그러면서 피아니스트의 아픈 가정사도 알게 되었다.

2주 정도 시간이 지나자 김청강 작가는 작품이 다 되었다며 시놉시스를 보내왔다. 시놉시스는 시아가 학교를 다니면서 네 손가락으로 피아노를 연주하기 위한 보조 도구가 필요하다는 이야기로 시작되었다. 결말은 멋지게 피아노 연주를 성공했다는 것이었다. 그런데 시아의 멘토로 등장하는 연주자 한 명이 작품에 등장했다. 캐나다의 '왼손의 마법사'라는 별명을 가진 피아니스트 라울 소사였다.

"이런 사람이 실제로 있나?"

"모르겠는데요?"

검색해본 복지관 직원이 말했다.

"어머! 있어요."

"창작 동화인데 실제 인물을 만난다고 스토리를 써도 되나?"

"글쎄요?"

이 과장은 김청강 작가에게 전화를 걸었다.

"선생님, 스토리는 너무 좋고 재밌는데요. 하나 걱정되는 게 있어요."

"뭡니까?"

"라울 소사라는 피아니스트가 있다는 걸 처음 알았는데요."

"네, 맞습니다. 라울 소사는 실제 캐나다 피아니스트인데요. 원래 양손 쓰던 피아니스트였지만 빙판길에 넘어지면서 오른손을 다쳐서 연주를 할 수 없었답니다. 그래도 왼손을 피나게 연마해가지고 왼손의 마법사가 되어 더욱 유명해진 훌륭한 피아니스트예요."

"하지만 그 사람, 우리나라의 연주회도 안 오고 이름만 알려진 분인데 시아와 만난다고 써도 되겠습니까? 허락을 받아야 되는 건 아닌가요? 아무리 동화지만."

"하하, 괜찮아요. 동화라는 건 상상의 산물이잖아요. 나중에 책을 낼 때 이 이야기는 시아의 실제 삶과 상관이 없다고 밝히면 됩니다."

"아, 그렇군요. 알겠습니다."

그때였다. 버스 안에 있던 지강이 손을 들었다.

"저 그 책 읽은 거 같아요."

"『네 손가락의 피아니스트』라는 책 많이 읽었을 거예요. 베스트셀러가 됐으니까요."

"와. 그 책 만드신 분이세요?"

"내가 만들었다기보단 우리 관장님이 나와 함께 만들었지요."

"그러면 김청강 작가님도 만나보셨어요?"

"여러 번 만났지요."

"와. 정말 신기해요. 전화번호도 있으세요?"

"그럼요."

지강이는 전화번호 있으면 알려달라는 말이 목구멍까지 올라왔다. 하지만 개인정보를 섣불리 알려달라는 것도 큰 실례였다.

"그래서 어떻게 됐습니까? 제가 글 쓰는 거에 관심 있는 사람이라서요."

헌팅캡을 쓴 예술가 스타일의 사내가 물었다.

"아, 네네. 그렇게 해서 책이 발간되었죠."

후원받은 돈으로 원고료와 그림 비용을 쓰고, 좋은 출판사를 만나 저렴하지만 예쁜 책이 나왔다. 그 책은 전국 서점에 깔리고 각급 학교에 발송되었다. 그리고 독후감 대회까지 열렸다. 그 책을 읽고 독후감을 보내오면 심사하고 시상을 하겠다는 거였다.

결과는 놀라웠다. 이 사실이 알려지자 신문 기자들이 쫓아갔고 KBS 9시 뉴스까지도 보도된 것이다.

"손가락 네 개로 피아노를 치는 피아니스트의 이야기가 책으로 나와 큰 감동을 주고 있습니다. 화제의 주인공은 ○○초등학교에 다니는 이시아 양입니다. 이 양은 어려서부터 선천적 장애로 인해 손가락을 네 개밖에 쓸 수 없지만 혹독하게 피아노를 연습한 결과 감동적인 선율을 우리에게 선사하고 있습니다."

뉴스를 본 사람들은 시아에 대해서 더더욱 관심을 가지게 되었다. 열화와 같은 성원이 이어지자 사람들은 모두 시아를 초청

해 연주를 듣고자 애를 썼다. 독후감 대회에는 2,000편 넘는 독후감이 날아왔고 김청강 작가가 심사해서 상을 주었다. 그 뒤시아는 청와대에도 초대받아 가는 유명 인사가 되고 말았다. 복지관 홍보는 물론 성공적으로 끝났고 출판사는 자비를 들여 책을 더욱더 찍어내어 베스트셀러의 반열에 올려놓았다. 한마디로 누구 하나 빠지지 않고 모든 사람에게 행복한 결말이 난 것이었다.

"그게 답니까?"

"대단하긴 하지만 뭐 그다지 재미는 없네요."

사람들이 아는 내용의 이야기라서 그런지 시큰둥한 반응을 보였다. 그러자 사회복지사는 손사래를 쳤다.

"아닙니다. 더 있습니다. 이제부터 진짜예요. 정말 놀라운 일이 벌어지죠. 소름이 쫙 끼쳐요."

사람들은 그 말에 다시금 흩어졌던 집중력을 모았다.

그렇게 사업이 끝나갈 무렵, 6개월의 세월이 지났다. 어느 날복지관으로 전화 한 통이 걸려왔다. 약간은 어눌한 목소리였다.

"안녕하세요? 복지관이지요?『네 손가락의 피아니스트』책을 내신 담당자 선생님과 통화를 하고 싶습니다."

"접니다. 무슨 일이시죠?"

"네. 저희는 이음엔터테인먼트라고 해외 연주자들을 불러다 공연을 하는 곳입니다."

"그런데요?"

이정자 과장은 혹시 후원이라도 하려는 것인가 하고 관심을 보였다. 연주회 같은 것을 자원봉사로 도와주겠다는 사람들이 가끔 있었기 때문이다.

"아, 그『네 손가락의 피아니스트』책을 저희가 보았습니다. 그 책에 나오는 라울 소사라는 피아니스트가 있지 않습니까?"

"네."

순간 이 과장은 가슴이 뛰었다. 우려한 대로 함부로 남의 이름을 썼기 때문인가 싶었기 때문이다.

"저희는 그분의 저작권 에이전시를 담당하고 있어요."

이정자 과장은 머릿속이 하얗게 변했다. 그거였다. 문제 제기였다. 허락받지 않고 이름을 함부로 쓴 것이 문제가 된 것이다. 순간 과장의 머릿속에는 수만 가지 생각이 지나갔다.

'손해 배상을 청구하면 어떡하지? 책임지라고 하면 어떻게 하나? 작가님은 아무 문제 없다고 했는데, 이를 어쩌면 좋아.'

침착하게 목소리를 가다듬어 통화를 이어갔다.

"네, 그런데요. 용무가 무, 무엇이지요?"

떨리는 목소리를 제어하며 이정자 과장이 물었다.

"아, 라울 소사 선생님께서 다음 달에 내한 공연을 하러 한국에 오십니다."

당사자가 오기까지 한다니 일은 더 커지는 것이었다. 유명한 피아니스트가 복지관을 상대로 소송을 건다면 그 뒷감당을 어떻게 해야 하나 싶어 머리가 아찔해졌다.

"그런데요. 라울 소사 연주자께서 이시아 양을 만나고 싶답니다. 그 책을 읽은 한국 공연자가 캐나다 갔을 때 연주자를 만나서 이야기한 모양입니다. 소사 선생의 이름이 들어가 있는 아름다운 동화책이 있다는 얘기를 듣고 꼭 시아 양을 만나서 격려하고 싶다는 것입니다."

전율이 온몸에 불처럼 지나갔다. 생각지도 못한 내용이었다. 긴장이 탁 풀렸다.

"아, 그런 거라면 얼마든지 환영입니다. 시아 양에게 물어보겠습니다."

"네, 꼭 좀 부탁합니다."

통화를 끝내자 그날 복지관은 온통 난리가 났다. 작품에서의 일이 현실에서 일어났기 때문이다.

시아가 소사를 만나는 날은 정말 극적인 날이었다. 소사는 자신의 연주가 끝나자. 마이크에 대고 청중에게 말했다.

"여러분, 한국의 아름다운 소녀를 소개합니다. 이 소녀를 다룬 동화책에 영광스럽게도 제가 등장합니다. 손가락 네 개로 피아노를 치는 아름다운 피아니스트 이시아 양."

시아는 짧은 발로 걸어 나가 소사와 포옹을 했다. 장치를 설치하고 시아가 연주할 동안 사람들은 모두 눈물을 흘렸다. 최고의 감동적인 장면이 연출된 것이다.

복지관에 다닌다는 그 사람은 이야기를 마친 뒤 결론을 내렸다.

"그래서 저는 알았습니다. 말과 글의 힘이 있다는 것을요. 마법보다 더 무섭습니다. 조심해서 말하고 조심해서 글을 써야 하지요. 그리고 조심해서 행동해야 한다고 생각합니다."

이야기를 들은 버스 안에 있는 사람들은 모두 신기하다는 듯이 고개를 끄덕였다.

"그러니까 옛날에 말이 쇠를 녹인다고 했습니다."

"맞아요. 말이 무섭지요. 중구삭금(衆口鑠金)이라고 삼국시대에도 말이 있어요."

중구삭금은 『삼국유사』에 실린 말이다. 신라 제33대 성덕왕 때 순정공이 아내와 함께 지금의 강릉인 명주 태수가 되어 부임하러 갔다. 그의 아내 수로 부인은 당대 최고의 미녀였다. 그녀가 바닷가 길을 가는데 그만 바다용이 미모에 홀려 그녀를 납치하고 만다. 그러자 지혜로운 노인이 나타나 말했다.

"옛말에 많은 사람의 입은 쇠도 녹인다고 했습니다. 백성들다 불러다 땅을 구르고 막대기로 언덕을 치라고 하십시오."

그래서 온 마을 사람들이 나와 일제히 외쳤다.

"거북아 거북아, 수로를 내놓아라⋯⋯."

오늘날의 '두껍아 두껍아'와 같은 곡조로 끊임없이 반복하자 건디지 못한 용이 수로 부인을 돌려보내고 말았다는 고사였다.

과연 말의 힘이 무섭다는 게 사실일까, 지강은 알 듯 모를 듯 했다.

호소문

"이거, 저도 재미난 이야기를 듣고 가만있을 수만 없는 분위기네요."

13번과 14번 자리에 누워 있던 사내가 일어나 이야기할 준비를 했다. 아까 헌팅캡을 쓴 사람이었다.

"아, 저는 광고 카피라이터입니다. 저도 재미있는 이야기 좀 할까요?"

"들어봅시다."

버스 안의 승객들은 새로운 이야기에 귀를 기울일 준비가 되었다.

"이번에 강원도에 있는 회사에 가서 바다와 관련된 카피를 만들어주려고 하다가 이렇게 버스에 갇힌 겁니다."

"카피가 뭐에요?"

광고 카피가 뭔지 모르는 아줌마가 물었다.

"광고 문안 그런 거 쓰는 분이시죠?"

은지가 갑자기 관심을 보였다. 작가가 꿈이고 글쓰기를 좋아하기 때문에 그런 것 같았다.

"맞습니다. 저도 재밌는 이야기 하나 해야 될 것 같네요. 저는 글 쓰는 걸로 먹고사는데, 광고라는 것은 사람의 마음을 움직이도록 써야 합니다. 그러다 보니까 짧고 강하게 쓰는 게 저의 능력이지요. 시내에 작게 사무실 하나를 열고 있습니다."

"아, 그런 것도 사무실 여는 것이 가능하군요."

"그럼요. 사업자 등록이 되어 있어야죠. 제 사무실 이름도 그냥 '김 카피'입니다."

"무슨 광고 쓰셨어요?"

"여러분이 알 만한 광고가 뭐가 있을까요? 음~."

카피라이터는 자신의 기억을 되짚더니 반신반의하는 어투로 말했다.

"열심히 일한 당신 더 해라, 그리고 예스예스 치킨! 뭐 이런 거 제가 썼습니다."

"와. 그거 들은 거 같아요."

엄청 신기하다는 듯 은지가 반색을 했다. 카피라이터는 헛기침을 몇 번 하고 목을 청소하더니 차분한 목소리로 이야기를 시작했다.

어느 날 김 카피의 사무실로 사람들이 들이닥쳤다. 그들은 모두 하리은행 소속 직원들이었다.

"김 카피님, 안녕하십니까?"

문을 열고 들어선 그들을 김 카피는 반갑게 맞았다.

"어서 오세요. 복창하에게 이야기 들었습니다."

김 카피의 고등학교 동창 복창하는 하리은행에 다니고 있었다. 며칠 전 그에게서 전화가 온 것이다.

"김 카피. 우리 은행에 지금 심각한 일이 벌어졌어. 글 쓰는 사람이 하나 필요해. 그래서 내가 임원진에 이야기했더니 자네에게 의뢰할 게 있대."

의뢰를 받고 글 쓰는 게 일인 김 카피인지라 새로울 것도 없었다. 그렇게 해서 하리은행 직원들이 김 카피의 사무실로 오게 된 것이다. 예를 갖춰 악수를 나누고 차를 대접한 뒤 김 카피는 명함을 교환했다. 하리은행 기획홍보팀장과 과장 그리고 대리였다.

"이렇게 찾아온 것은 저희 은행에 딱한 사정이 있어서입니다. 2년 뒤 우리나라에서 럭비 월드컵이 열리는 건 알고 계시지요?"

"네. 알고 있습니다."

"럭비 월드컵이 열리면 국내에도 공식 후원사가 붙는 것도 알고 계시나요?"

"그건 몰랐습니다."

"한국 럭비 월드컵 조직 위원회가 국내와 국외 공식 후원을 받습니다. 물론 후원금을 내야 하는 일이지요. 저희는 오래도록 럭비를 후원하고 있었습니다."

"럭비는 신사들의 스포츠 아닙니까?"

"맞습니다."

"그리고 비인기 종목 아닙니까?"

"맞습니다. 하지만 저희 은행이 오랫동안 럭비를 후원한 이유가 있습니다. 우리나라에서 럭비를 즐기는 분들은 사회 지도층 인사들이거나 영국, 호주, 뉴질랜드, 남아공 같은 나라 유학을 다녀오신 분들이에요. 그분들이 우리 사회에서 각종 기업이나 단체의 리더가 되어 있기 때문에 럭비를 후원하면 자동으로 저희 은행 홍보가 됩니다."

처음 듣는 이야기였다. 대중에겐 비인기 종목으로 알려진 럭비를 후원함으로써 은행 홍보에 큰 효과를 본다는 내용이었다.

"이번 올림픽에 한국이 자동 출전하지 않습니까?"

"맞습니다. 개최국이니까요."

"그런데요?"

"중요한 건 그게 아니고, 국내 공식 후원 업체 입찰건입니다."

공식 후원 업체가 된다는 건 후원금을 내고 경기장마다 광고

판을 내걸 수 있다는 의미다. 한마디로 공개 입찰을 통해 주목받는 기회를 잡는 거다. 하리은행장은 럭비 공식 후원단체를 꼭 따오라고 이사진에게 엄명을 내렸다. 그건 바로 홍보팀장의 미션이었다. 그가 오랜 기간 럭비 협회와의 친분을 유지하고 있었기 때문이다. 하리은행은 비인기 종목인 럭비의 각종 대회는 물론이고, 선수들에게 용품을 지원하거나 어린 선수들을 육성하는 데에 지속적으로 후원을 하고 있었다. 그렇다고 해도 은행 입장에서 보면 큰돈이 드는 건 아니었다. 대회도 많지 않았다.

하지만 월드컵은 얘기가 달랐다. 전 세계 럭비팀들이 한국에 와서 오랜 기간 경기를 하는 것이기에 광고 효과도 높고 은행의 위상을 올릴 수 있는 길이었다.

"그래서 결과는 어찌 되었습니까?"

"저희는 럭비 협회 측과 오래전부터 소통이 되고 있어서 대충 입찰금액이 200억 원 정도일 거라고 예상을 하고 있었습니다."

공식 후원 업체 선정은 공개 입찰의 과정을 거쳐야 했다. 그러다 보니 경쟁이 없을 수 없었다. 몇몇 은행과 기업들이 이 기회를 놓칠 수 없다는 듯 예정에 없이 입찰에 참여해 후원 금액을 써냈다. 뒤늦게 럭비 월드컵의 중요성과 한 번밖에 없는 기회라는 사실을 알게 되어 부랴부랴 참여한 셈이다. 후원 업체가 되기만 하면 얼마든지 홍보 효과로 본전을 뽑고도 남을 일이었다.

"밥상 다 차리니까 각설이들이 달려든 꼴이네요. 그런데 잘 안되었나요?"

직감적으로 김 카피가 물었다.

"네. 예상치 못하게 저희가 탈락했습니다."

"아니, 왜요?"

"저희 경쟁 은행인 하우스은행이 400억 원을 써냈습니다. 럭비 협회에서도 어쩔 수가 없다고 합니다. 우리에겐 미안하다고 했지만, 수익이 두 배로 증대되니까 내심 좋아하는 눈치이기도 합니다."

"아하, 안됐습니다."

결과는 충격적이었다. 최근 경영난에 허덕이던 하리은행은 이번 럭비 월드컵 후원을 통해서 반전의 계기를 삼으려고 했다. 그랬는데 하우스은행이라는 복병을 만나 크게 한 방을 먹은 것이다.

"당신들, 일을 이따위로 하면서도 월급을 받겠다는 거야?"

은행장은 비상 임원 회의를 열어 이사와 실장, 팀장 등을 불러 크게 타박을 했다.

"사표 쓸 준비들 하세요."

큰 프로젝트의 실패에 관련된 팀원들은 모두 다 사색이 되었다. 게다가 노조에서도 들고 일어났다. 경영진이 똑바로 하지 못해서 다 잡은 물고기를 놓쳤다는 것이다.

"노조 위원장까지 올라와서 의자 집어 던지면서 막말을 하더라고요. 이따위로 일할 거면 당장 때려치우라고요."

한마디로 스포츠 후원팀은 난감한 상황에 빠진 것이다.

김 카피는 커피 한 잔을 들이켜며 말했다.

"그래서 제가 뭘 도와 드리면 됩니까?"

"저희들이 오늘 대책 회의를 열었습니다. 그 결과 이 억울함을 세상에 알리기로 했습니다."

"어, 어떻게요?"

"대통령과 관계 요로에 호소문을 올리기로 했습니다."

"호소문이오?"

"네, 신문에 광고를 내서 저희들이 부당하게 당했다는 것을 반드시 알리고 싶습니다. 돈이라면 저희도 400억 원을 낼 수 있습니다. 하지만 그동안 럭비 발전을 위해서 수십 년간 투자한 하리은행이 배제되고 갑자기 툭 튀어나온 하우스은행이 후원사로 나서는 건 경우가 아니지요. 돈이라면 의리와 역사와 전통도 다 소용없다는 생각은 견딜 수가 없습니다. 대통령께서 〈서남일보〉는 꼭 보신다니까 1면 전체에 5단 통 광고를 낼 겁니다. 저희 은행의 호소문을 낼 겁니다."

김 카피는 감이 왔다. 그 호소문을 자신에게 써달라는 것이었다. 그들이 할 말을 충분히 하도록 놔둔 뒤 조용히 고개를 저었다.

"저는 그런 건 안 써봤는데요."

거절의 뜻이었다. 그러자 은행 관계자들은 크게 당황했다.

"김 카피님. 우리나라 최고의 카피라이터라고 들었습니다. 꼭 부탁드립니다."

"복 과장님을 봐서라도 도와주세요."

그들은 김 카피의 친구인 복창하를 들먹이며 한참을 부탁하더니 자료를 잔뜩 남기고 떠나갔다. 김 카피는 카피를 쓰더라도 영감이 와야 가능한 사람이었다.

그날 저녁, 광고 회사 다닐 때 알게 된 친구와 만나 술 한잔하는 동안 김 카피는 낮에 있었던 일을 안주 삼아 호사가의 말장난처럼 털어놨다. 유심히 그 이야기를 들은 친구는 정색을 했다.

"김 카피, 그거 얼마 받겠다고 했어?"

"호소문? 글쎄, 생각 안 해봤는데. 어차피 안 할 생각이야. 너무 부담스럽잖아."

"그거, 혹시 하더라도 보수에 대해 단단히 말하고 해."

"보수?"

"은행이 얼마나 짠돌이인지 알아? 사람들은 은행에 돈이 많으니까 인심 후할 줄 알지? 절대 아니야. 계약 조건도 말하지 않고 자료만 놓고 갔다는 거 보니까 수상해. 김 카피, 당하지 않으려면 정신 차리고 물어봐."

다음 날, 안 그래도 하리은행에서 다시 전화가 걸려왔다. 김 카피가 일을 맡을 건지 여부를 재차 확인하기 위한 홍 실장의 전화였다.

"실장님. 자료는 읽어보고 있는데요."

"제발 꼭 부탁드립니다. 저희가 급합니다."

"네. 아직 결정은 안 했는데 만약에 제가 이 호소문을 쓰게 되면 호소문 작성 고료는 얼마 정도 예산을 책정하셨습니까?"

"예, 예산이오?"

갑자기 홍 실장은 말을 더듬었다.

"네. 카피를 쓰려면 예산이 있어야죠."

"아니, 복 과장 친구분이시잖아요?"

"네. 복 과장은 제 고등학교 때 불알친구죠."

"제가 복 과장하고 아주 친한 사람입니다. 아시겠지만 제가 지금 난감한 지경에 빠졌는데 좀 도와주시면 안 되겠습니까?"

"돕다니요?"

"제가 식사 한 끼 대접하겠습니다. 꼭 살려주십시오."

순간 김 카피 뇌리에 싸한 느낌이 확실해졌다. 김 카피는 순식간에 어조를 사무적인 것으로 바꾸었다. 개인의 친분으로 일하는 게 아니라는 걸 알려줄 필요가 있었다.

"실장님, 은행은 뭘로 수익을 냅니까?"

"저희야 고객들의 돈을 맡아서 관리하면서 수익을 내지요."

"그렇지요? 저 역시도 글과 말을 관리해서 수익을 냅니다. 한마디로 글을 써주는 행위는 제겐 은행에서 돈을 맡아주거나 빌려주는 것과 똑같은 것입니다. 밥 한 끼나 대접받으면서 해드릴 수 있는 일은 아닙니다. 이건 마치 은행에 가서 돈 많으니 1억 원만 잠깐 무이자로 빌려달라고 하는 것과 같습니다."

"아, 그건……."

"예산을 책정하지 않으신 것 같은데 저는 좀 곤란합니다. 도움을 드리지 못해 죄송합니다. 다른 사람 알아보시면 좋겠습니다."

"여, 여보세요! 카피님. 제 말 좀 들어보세요."

김 카피는 전화를 끊어버렸다. 자신의 노력과 전문성을 인정하지 않고 밥 한 끼나 대접하겠다는 것은 게마인샤프트(공동사회)와 게젤샤프트(이익사회)를 오해하고 있는 것이었다. 복창하는 죽마고우지만 홍 실장은 그의 불알친구가 아니었고 하리은행은 더더욱 아니었다. 그리고 이런 일은 친구 사이라도 우정으로 해결할 수 없는 일이었다. 아무리 친해도 대신 죽어줄 수 없는 것이며, 친구 대신 그의 가정에서 가장이 될 수 없는 것과 마찬가지인 이치였다. 정당한 보수를 얘기하지 않는 은행과 더 이상 일할 이유가 없었다.

친구의 말을 듣기를 정말 잘했다는 생각을 하고 있을 때, 다시 홍 실장에게서 전화가 걸려왔다.

"잠깐만, 카피님. 제 말을 들어보세요."

목소리에 당황한 빛이 역력했다.

"저희가 회의를 좀 했는데요. 그럼 그 고료를 얼마 드리면 됩니까?"

"글쎄요. 이런 일은 제가 안 해봤지만, 최소한 이런 일을 하려면 1,000만 원은 받아야 합니다."

"예? 1,000만 원이오?"

홍 실장이 대경실색하는 걸 보고 김 카피는 더 이상 말할 가치도 못 느꼈다.

"네, 어려우시면 안 하셔도 됩니다."

전화를 끊은 뒤 김 카피는 책상 위에 있는 하리은행 자료들을 모두 다 한쪽으로 밀어버렸다. 잠시라도 들여다본 게 시간 낭비였다.

그날 오후 김 카피는 은행을 주의하라고 말해준 동료와 통화하며 하리은행의 무도함을 실컷 비난했다.

그렇게 며칠간의 시간이 흘렀다. 김 카피는 머리를 비우고 다른 일에 몰두했다. 호소문은 이제 물 건너간 일이었다. 다른 돌침대 업체에서 광고 문안 요청이 왔기 때문이다.

홍 실장에게서 전화가 온 건 정확히 일주일 뒤였다.

"김 카피님. 죄송합니다. 저희 은행이라는 데가 이렇게 시간이 좀 오래 걸립니다. 결재 라인에 보고하고 결재받는 일이 관료적이라서요."

"끝난 일 아닙니까?"

"카피님께 부탁을 드리겠습니다. 저희 경영진에서 1,000만 원은 너무 많답니다. 정말 죄송합니다. 죽는 사람 하나 살려주는 셈 치고 500만 원만 받으시면 안 되겠습니까? 그 금액도 선례가 없는 거라고 결재받느라 정말 힘들었습니다. 복 과장을 생각해서 저를 좀 봐주십시오."

"그, 글쎄요?"

"카피님. 이 일 성사가 안 되면 저는 여기 하리은행 본점 23층에서 뛰어내릴 판입니다."

"실장님, 왜 이러십니까? 말씀이 심하십니다."

"사표 쓰는 각오로 연락을 드립니다. 도와주십시오. 복 과장을 대신해서 좀 살려주십시오. 정말 부끄럽습니다. 은행의 수준이 이 정도인 거 이해 좀 해주십시오. 1,000만 원이 아니라 1억 원을 드려도 모자라는 거 잘 압니다. 하지만 저도 조직에 있는 사람이라……."

김 카피는 은근히 화가 치밀었다.

"실장님. 하리은행은 400억을 후원비로 쓰겠다면서 그걸 위한 호소문 1,000만 원은 안 쓴다는 거 아닙니까? 은행의 이익은 소중하고 개인의 이익은 짓밟는 것 아닙니까?"

"그건 아닙니다. 아시겠지만 이건 예정에 없는 예산이라서요."

"은행의 운명이 걸린 일을 하면서 예산이 없다니요. 200억 더 쓸 수 있다면서요. 글 쓰는 일을 이렇게 우습게 아는 겁니까?"

"그, 그건 아닙니다. 그럴 리가 있습니까? 제발 좀 봐주십시오."

김 카피는 집요하게 매달리는 홍 실장의 애원에 난감해졌다.

반전

"그래서 어떻게 됐습니까? 호소문을 썼습니까?"

버스 안의 사람들이 모두 눈을 동그랗게 뜨고 물었다. 언급되는 금액 자체가 엄청났기 때문이다.

"어땠을 것 같습니까?"

"안 쓰셨겠죠."

"아니, 쓰셨겠죠?"

"1,000만 원 받으셨나요?"

여기저기서 사람들이 다음 이야기를 기다리며 한마디씩 했다.

"하하. 결국 한번 읽으면 하리은행을 안 도와줄 수가 없는, 대통령께 드리는 호소문을 썼지요. 친구까지 나서는 바람에."

"야, 그래서 500만 원 받으셨어요?"

"받았습니다. 그런데 그 돈 받는 것도 쉽지는 않았습니다. 내야 될 서류가 잔뜩 있었고요. 신분증 사본에 하리은행 통장까지 개설을 해야 한다는 것입니다."

몇 번이고 부아가 치미는 것을 참으며 김 카피는 통장을 만들어 계좌번호를 알려주었고 그 통장으로 열흘 뒤에 돈이 들어왔다.

호소문을 냈으니 신문의 전단 광고에 그 호소문이 실렸다. 그러나 결과는 뒤집을 수 없는 것이었다. 공정한 절차에 의해 입찰이 이루어진 것이고 그로 인한 결과를 번복할 수는 없다는 것이었다.

하지만 경영진은 호소문까지 올렸기에 노조의 눈치를 더 이상 보지 않아도 되게 되었다. 할 수 있는 건 다 해봤다는 방어막을 친 거다. 이렇게 해서 사건은 없던 일이 되어버렸다. 홍 실장은 다행히 계속 은행에 붙어 있게 되었다. 다음번 럭비 월드컵에서는 반드시 후원 업체로 들어가도록 만들겠다는 각서를 썼다는 것이다.

지강의 생일날. 은지는 수줍게 웃으며 동네 공원에서 작은 아이스크림 케이크와 카드 한 장을 내밀었다.

"이게 뭐야?"

"오늘 네 생일이잖아."

은지는 SNS를 통해 지강의 생일을 이미 알고 있었다. 둘이 오붓하게 공원 벤치에 앉아 몇 숟가락만 잘라 먹으면 없어질 조그만 아이스크림 케이크에 촛불을 붙였다. 작지만 고운 목소리로 은지가 생일 축하 노래를 불러주었고 지강은 촛불을 껐다. 다음 순서는 카드를 펼쳐 읽는 것이었다.

지강아, 생일 축하해.

어제 창밖을 보는데 처마 밑에 비둘기 두 마리가 비를 피해서 앉아 있는 걸 보았어.

두 비둘기는 각자 다른 곳에서 날아왔는데 이내 친해지더라고.

비둘기들이 서로 아껴주고 위해주는 걸 보니 갑자기 네 생각이 났어.

너도 힘들고 어려운데 내색하지 않고 나를 보호해주고 아껴주는 마음 잘 알아.

비가 그친 뒤 힘차게 날아간 비둘기처럼 우리도 언젠간 멋지게 날자.

그날까지 건강해.

눈앞에 상황이 보이도록 쓴 글을 보고 지강은 감동받아 나지막이 말했다.

"너 글 잘 쓰는구나. 작가가 되겠어."

은지는 볼을 빨갛게 물들이면서 고개를 숙였다.

"그러면 뭐 해? 나 같은 애가 작가라니."

"왜? 글 잘 쓰면 되는 거지."

은지는 냉정했다.

"공 잘 찬다고 다 축구 선수 되는 거 아니잖아. 세상에 글 잘 쓰는 사람은 많아."

무엇을 말하는지 지강도 알 수 있었다. 지강의 학교에는 3학년 문예부장 누나가 있었다. 그녀는 전국 글쓰기 대회를 휩쓰는 실력을 가지고 있었다. 이미 모 대학 문창과에 합격이 되어 있다는 말도 있었다. 들리는 소문에 의하면 아버지가 유명한 작가여서 이미 백일장이나 각종 글쓰기 대회에서 수상 경력을 많이 쌓도록 지도해주었다는 것이다.

"글을 꼭 배워야 잘 쓰는 건 아니잖아?"

"하지만 좋은 스승 밑에서 배우면 길을 알려주잖아. 시간 절약이 되고 시행착오를 줄일 수 있지. 지강이 네가 합창을 하는데 지휘자 선생님이 없으면 실력이 늘겠어?"

"그래? 그럼 인터넷에서 배울 수 없어? 유튜브 이런 데서 배울 수 없는 거야?"

"글쓰기를 어떻게 유튜브에서 배워? 스스로 익히고 스스로 무르익어야 되는 거야."

글쓰기가 희망이 되고 갈 길이 되어줘야 하는데 은지는 그 길을 혼자 헤쳐나가야 한다는 생각에 지강은 눈물이 나려는 것을 참았다.

　그때부터 지강은 오가다 좋은 글귀를 보거나 책에서 좋은 문구를 보면 꼭 사진을 찍어 카톡으로 은지에게 보내주곤 했다. 자기가 해줄 수 있는 일은 그것밖에 없다는 것이 슬펐지만, 은지의 글쓰기에 조금이라도 도움이 된다면 좋은 글을 찾아주는 사냥꾼이 되리라 결심했다.

　"그것 참 은행들 대단하네요."

　"은행이 얼마나 지독한데요. 돈 맡길 땐 굽신굽신, 대출받으려면 고자세지요."

　여기저기서 은행에게 당한 설움을 말하는 소리가 들렸다.

　"그런데 거기서 이야기가 끝이오?"

　김상복 이야기를 했던 아저씨가 다시 물었다.

　"그럴 리가 있습니까? 반전이 있지요."

　반전이라는 말에 승객들은 모두 다시 집중했다.

　일이 끝나자 몰아붙인 것이 안타까웠던 김 카피는 복 과장과 함께 홍 실장을 불렀다. 저녁이라도 한 끼 사주기 위해서였다. 조용한 일식집에 모여 앉은 세 사람은 이야기를 도란도란 나누었다. 개인적인 감정은 어차피 없었기 때문에 대화는 친숙하고 사교적인 것이었다.

"카피님께 저희가 큰 실수를 했습니다. 결과는 아쉽지만 도와 주셔서 감사합니다."

홍 실장은 정중히 사과했다.

"아닙니다. 오늘 제가 모시겠습니다. 많이 드시지요."

"아닙니다. 제가 모셔야지요."

"아닙니다. 저 때문에 중간에서 마음고생하셨잖습니까?"

술이 한두 잔 들어가자 홍 실장은 비분강개하며 말했다.

"사실 정말 부끄러운 일이 있었습니다."

"그럴 수도 있지요. 뭘 부끄럽다고 그러세요?"

"아닙니다. 이거 말씀드려도 되나 모르겠습니다."

김 카피는 뭔가 자신이 알지 못하는 또 다른 일이 있었음을 알게 되었다.

버스 안에 있는 사람들이 뭔가 회상하는 듯하면서 이야기를 끊은 김 카피에게 물었다.

"빨리 말씀하세요."

"무슨 일 있었습니까?"

"궁금해요."

"정말 어이가 없는 일이 있었습니다. 연락을 주겠다더니 마냥 늦어지길래 저는 은행이 관료화한 조직이라 늦는 줄 알았습니다. 그랬더니 그게 아니었던 거예요."

홍 실장은 불쾌한 얼굴로 말했다.

"죄송합니다. 부끄러워서 이건 어디 얘기할 수 없는데, 카피 님은 이렇게 마음이 트인 분이어서요."

"무슨 일입니까?"

김 카피가 고료로 1,000만 원을 불렀다고 얘기하자 은행 경영진 회의에서는 기발한 아이디어를 냈다.

"뭐? 고작 몇 줄 쓰면서 1,000만 원을 달라고? 그깟 글 쓰는 게 뭐 대단한 거라고 그래. 당장 우리 은행의 직원들 2,000명 가운데 중고등학교 때 글을 썼거나 글 잘 쓰는 사람들 각 지점에서 뽑아 올려보내라고 해."

난리법석이 벌어졌다. 전국 은행에 공문이 내려갔고 각 지점장들은 은행에서 글 좀 쓴다는 직원들을 추천해 올렸다. 입사 시 제출한 이력서와 자기소개서를 본 결과 여섯 명의 글 좀 쓴다는 각 지점의 직원들이 차출되어 서울로 올라왔다. 여섯 명의 직원 가운데는 두 명의 여직원도 있었다. 홍보이사실에 모인 여섯 명의 직원들은 얼떨결에 은행을 구하는 결사대가 되었다.

"당신들이 나라를 구한 듯이 우리 은행을 구해야 합니다. 눈물이 철철 나는 호소문을 써보시오."

차출된 은행원들은 사흘 동안 시내 최고급 호텔에 투숙하면서 글을 쓰기 시작했다. 좋은 글을 총괄 감독하는 것은 홍보실장과 홍보 담당자였다. 직원들은 난생처음 글을 쓰려니 죽을 맛이었다.

"이걸 글이라고 썼어. 다시 써봐요. 좀 더 눈물 나게, 좀 더 호소력 있게."

그러나 아무리 써도 글이 나오질 않았다. 글을 쓰는 건 은행이 실적 올리라고 압박하는 것과는 종류가 다른 일이었다.

사흘이 지나자 홍보이사는 두 손을 들었다.

"안 되겠다."

지켜보던 홍보팀장 홍 실장이 볼멘소리로 말했다.

"이사님, 제가 뭐랬습니까? 이것도 전문 분야입니다. 어떻게 계산기 두들기던 사람들이 호소문을 씁니까?"

"……."

"이거 어떻게 합니까?"

"김 카피 불러. 비용은 500만 원밖에 못 준다고 얘기해."

그렇게 해서 결판이 난 거였다. 홍 실장은 비로소 김 카피에게 전화를 걸었다.

"야. 그게 정말입니까?"

"부끄럽습니다. 하하하!"

어이가 없었다. 끝으로 한마디를 던졌다.

"실장님. 제가 한두 줄 쓰니까 쉬워 보이시죠? 그 한두 줄을 쓰기 위해서 저는 평생을 노력했습니다. 순간의 충동과 감흥으로 그게 나오는 것은 아닙니다. 노력과 시간이 필요한 일이고요. 이 세상에 공짜는 없습니다."

그 말에 복 과장과 홍 실장은 정중히 사과를 했다.

"글 쓰는 일을 이상한 방식으로 모욕한 것, 용서를 구합니다."

"김 카피, 이해해. 은행이란 곳이 그래. 문화를 잘 몰라."

그날 세 사람은 대취했다.

"카피님, 질문 있어요."

"응?"

김 카피는 뒤돌아보았다. 은지는 학교에서 하듯 손을 들고 질문을 했다.

"카피님은 어떻게 글쓰기 연습을 해서 작가가 되셨어요?"

"어, 좋은 질문인걸. 허허!"

버스 안의 사람들이 모두 고개를 돌려 어둠 속에서 은지 쪽을 바라보았다. 김 카피는 은지의 질문에 자상하게 대답을 해주었다.

"나는 고등학교 때부터 문학소년이었어. 그런데 굳이 글 쓰는 작가가 되고 싶다기보다는 문학이 그냥 좋았어. 책 읽거나 글 쓸 땐 아무도 방해하지 않았거든. 혼자 시집을 뒤적이고 소설책 읽는 게 가장 좋았지. 글자로 된 건 다 읽었단다. 활자 중독이나 마찬가지였어. 그리고 조금씩 남들이 쓴 글을 끄적이고 생각을 메모하곤 했지. 그 버릇이 지금까지 온 거란다. 시인이나 소설 가는 못 됐지만, 그래도 카피라이터가 된 거지."

"엄청나게 노력을 하셨네요?"

"에이. 나 정도 노력 안 하는 사람이 있나? 이 세상에 공짜가 없는데."

"아, 그렇구나."

질문을 마친 은지에게 지강이 물었다.

"야, 놀랐어."

"뭘?"

"어떻게 그렇게 물어볼 생각을 했어?"

"내가 처음으로 만난 글 쓰시는 분이잖아."

"카피지."

"카피도 글이잖아. 지금 물어보지 않으면 안 될 것 같았어."

지강은 은지가 의외로 용기 있다는 사실을 새삼 발견하였다. 그때 은지의 스마트폰이 진동했다. 문자가 온 거였다. 핸드폰의 파란 불빛에 비친 은지 얼굴이 마치 공포 영화에 나오는 귀신 같았다.

"엄마에게 문자가 왔어."

순간 지강은 얼어붙었다. 몰래 여행 온 걸 들킨 건 아닌가, 당장 쫓아온다고 하면 어쩌지 등등 수백 가지의 생각이 머리를 스쳤다.

"이것 봐."

> 은지야, 잘 있지?
> 엄마가 엄마 노릇 못해서 미안해.
> 이런 연휴 때 같이 놀고 그래야 되는데…….
> 하지만 은지야.
> 네가 내 딸인 건 변함이 없어.
> 언젠가 엄마랑 함께 살 날이 있을 거야.
> 엄마는 기다리고 있어.
> 우리 딸. 열심히 노력해.
> 이 세상에는 정말 공짜가 없으니까.
> 노력한 만큼 우리 딸이 성과를 낼 거라고 믿어.
> 엄마 너무 미워하지 말고.

스마트폰 화면 위로 은지의 눈물이 떨어졌다. 지강은 은지의 어깨를 살그머니 쓰다듬어주었다.

자동차 트렁크

　꿈에서 깨어난 지강이 고개를 돌려보니 버스 바깥은 부윰한 새벽이었다. 시동을 끈 버스 안에는 습기를 머금은 사람 냄새가 밀정처럼 스며들어 구석구석을 짓눌렀다. 오그리고 비좁은 차 안에서 잠을 자서인지 지강은 자신도 모르게 찌뿌드드한 몸의 기지개를 켰다. 그 순간 오른팔에 닿는 물컹하면서 딱딱한 은지의 가슴에 지강은 깜짝 놀라 몸을 움츠렸다. 은지는 반듯하게 시트에 등을 대고 누워 머리를 습기 찬 차창에 기댄 채 지강의 후드티를 덮고 깊은 잠에 빠져 있었다. 지강은 팽팽한 오줌보를 느끼며 조심스럽게 자리에서 일어나 버스 통로를 거쳐 앞으로 나아갔다. 잠자고 있던 기사가 인기척에 고개를 들었다.

　"왜? 오줌 마려워?"

"네."

기사는 버스의 문을 열어주었다. 압축 공기로 문이 열리는 소리가 나자 지강은 움찔했다. 혹시 버스 안 잠자는 사람들에게 방해가 되지 않았나 싶었다. 빼곡한 산 사이로 습기 가득 찬 바깥에 여명이 시작되었다. 먹장구름은 이제 옅어졌다. 동쪽 하늘은 완연히 환해졌다. 구름 너머에 분명히 해가 뜨고 있음을 확신하게 해주었다. 그 산속 어딘가에 자연인이 살고 있을 것만 같았다. 비는 이제 기세가 많이 누그러졌다.

지강은 가드레일을 넘어가 적당한 곳에서 소변을 보았다. 새벽의 한기에 몸서리가 쳐졌다. 바지춤을 추스르고 다시 버스에 오르려 좌우를 보니 간간이 군인들이 움직이고 큰 바퀴를 가진 사륜구동 자동차가 들어와 도로 상황을 점검하고 있었다. 닫혔던 버스 문을 두드리자 기사가 다시 열어주었다.

"고맙습니다."

지강이 올라오며 기사에게 인사를 하자 갑자기 허기가 엄습했다. 17번 자리에 앉은 아주머니가 조용히 핸드폰으로 통화하는 소리가 들렸다.

"여보, 조심해. 오지 말라니까 왜. 아무튼 알았어. 신흥여객이야. 신흥여객. 7458번이야, 내가 기사님에게 물어봤어. 응, 알았어. 조심해."

소곤대는 듯 통화한 아주머니가 전화를 끊었다. 지강은 자리로 돌아와 앉으며 궁금해했다. 통화 내용을 보면 누군가가 버스를 향해 오는 것만 같았다. 길이 막혀 있는 이 상황에서 찾아올 사람이 있다는 건 대단한 일이었다. 온다 해도 통제 중인 도로에 어찌 들어온단 말인가.

온몸이 결려 자세를 바꾸며 팔다리를 움직였다. 지강은 은지가 깰까 봐 조심스럽게 통로로 나와 어깨를 펴고 스트레칭을 했다. 이곳저곳에서 사람들이 널브러져서 잠을 청하고 있었다. 밤새 스토리텔링 버스는 에너지를 다 소비한 거였다.

잠시 후 일곱 시가 되자 기사는 버스 앞에 매달아둔 텔레비전을 켰다. 뉴스에서는 전국을 강타했던 비 소식밖에 없었다.

"학생, 일어났어?"

"네."

여기저기서 사람들이 뉴스를 듣고 눈을 떴다.

"경찰들이 길을 뚫고 있대."

"기다려보자고."

몇몇 아저씨들이 일어나더니 말했다.

"아이고, 아무래도 안 되겠습니다. 차라리 지난밤에 걸어갔으면 힘 좀 들더라도 벌써 빠져나갔을 텐데. 구글 지도 보니까요, 여기서 한 10킬로미터만 가면 문막읍으로 갈 수 있을 거 같아요."

"걸어가지 뭐. 두세 시간이면 갈 텐데."

버스 밖을 내다보니 정말 우산을 쓰거나 비닐 같은 걸 머리 위에 덮고 걸어서 고속도로를 빠져나가는 사람들의 모습이 보였다. 마치 재난 영화의 한 장면 같았다.

"자, 기사님 안녕히 계십시오."

광고 카피라이터는 배낭을 멘 채 버스에서 내려왔던 방향으로 걸어가기 시작했다. 날이 밝아지면서 사람들의 행렬은 점점 길어지는 것 같았다. 한마디로 엑소더스였다.

"우리도 걸어갈까?"

하지만 빗속에서 은지를 데리고 걸어서 빠져나가는 것은 막막한 일이었다. 길도 잘 모르고 목적지도 뚜렷하지 않았다. 막연히 구조의 손길을 기다리고 있을 뿐이었다.

"아, 배가 쏙 들어갔어."

은지는 오랜 시간 굶어서인지 배고픔을 호소했다. 기운이 빠졌는지 힘을 내지 못했다. 이대로 가다간 큰일이 날 것 같았다. 어떻게 해서든 은지를 지켜주고 보호해줘야 했다. 누군가를 지키겠다는 감정은 난생처음 겪어보는 것이었다.

그때 사람들이 웅성대는 소리가 들렸다.

"차가 오네."

"민간인 차인데?"

고속도로 갓길을 역주행해서 토사를 헤치며 거칠게 차 한 대가 들어오고 있었다.

사람들이 갑자기 나타난 차에 관심을 보였다. 그 순간 앞에 있던 아주머니가 벌떡 일어났다.

"기사님. 문 열어주세요! 우리 남편이 왔어요!"

"남편이에요?"

"네."

"대단한데요! 이 길을 뚫고 오다니."

놀란 사람들은 모두 깨어나 창문 밖을 내다보았다. 아주머니는 가방을 들고 허둥지둥 내려가더니 사륜구동 차량에 손을 흔들었다.

"여보! 여기야. 여기."

사륜구동차는 반갑다는 경적을 울렸다. 차가 도착하자 짧은 머리에 터프하게 생긴 아저씨가 차에서 내려 아주머니의 가방을 받았다.

"여보, 고생 많았지? 뉴스 보니까 오늘 내로 길 뚫기 힘들다고 해서 내가 왔어."

"괜찮아, 여보. 나 아무렇지도 않아."

아줌마를 따라 차에서 내린 사람들이 차 안을 기웃거리며 물었다.

"어떻게 들어오셨어요?"

"한 4킬로미터만 가면 비포장도로하고 연결되는 문을 열어놨어요."

"정말이에요?"

"네, 그리로 가보세요. 걸어갈 수 있습니다. 이미 사람들 많이 가더라고요."

지강이는 버스에서 내려 비를 맞으며 아주머니와 아저씨의 만남을 지켜보았다.

"아유, 힘들지 않았어?"

"괜찮아."

남편이라는 아저씨가 몰고 온 사륜구동 자동차는 바닥까지 높여 놓은 차였다. 아마 산악 같은 데를 자주 다니는 사람인 듯했다. 지강은 자동차 안을 들여다보았다. 낯선 젊은 부부 두 사람이 오들오들 떨면서 담요를 뒤집어쓰고 있었다.

"아, 저 사람들 걸어오다가 다리를 다쳤대. 그래서 내가 태웠어. 밖에 나가서 병원에 데려다주려고. 이 차 쓸 만해. 다른 차들은 못 들어오는데 군용 차량 드나드는 길로 들어왔어."

"당신 맨날 오프로드 간다고 일요일이면 집 나가더니 이번에 덕 봤네."

"빨리 타. 집에 가자고."

집에 가자는 말이 그렇게 반가운 말인 줄은 아무도 몰랐다. 순간 지강은 빠르게 판단했다.

"아저씨."

"왜?"

"혹시요."

"뭐?"

"혹시 차에 자리 하나 있으세요?"

"5인승이니까 한 자리 있는데. 왜? 학생이 타려고?"

남녀 고등학생 둘이 여행을 왔다고 하면 분명히 이상하게 볼 게 뻔했다. 순간 지강이 기지를 발휘했다.

"동생이에요. 몸이 안 좋아서요."

"동생 태워주면 자네는?"

"글쎄요?"

그때 차의 트렁크가 눈에 띄었다.

"트렁크에 공간 없으세요?"

"트렁크?"

옆에 있던 아줌마가 말했다.

"이 학생 태워다 줘. 부모님이 걱정할 거 아니야?"

트렁크 안에는 한 사람이 웅크리고 있을 만한 공간이 있었다.

"저, 저는 여기 들어가서 갈게요."

"이거 비좁은데?"

"괘, 괜찮습니다."

"그래? 그러면 잠깐만 기다려."

아줌마가 조수석에 오를 동안 지강은 버스로 서둘러 올라갔다.

"은지야. 빨리 내려, 빨리."

"왜?"

"빨리 내려. 가자."

은지는 엉거주춤하게 자리에서 일어났다.

"서둘러!"

머리 위 선반에서 가방을 꺼낸 지강은 사람들에게 인사를 했다.

"안녕히 계세요."

차 안의 승객 대부분은 심드렁한 표정으로 다시 잠을 청했다. 그들은 목적지를 변경할 필요가 없는 사람들이었다.

지강은 버스에서 은지를 끌고 내려가 차 뒤쪽에 타고 있는 다리를 다쳤다는 신혼부부 옆자리에 앉혔다.

"넌 여기 있어."

"지강이 너는?"

"난 잠깐 트렁크에."

지강이 열린 트렁크로 다가서자 아저씨가 물었다.

"학생, 정말 괜찮겠어?"

"괜찮아요. 문 닫으세요."

"그래. 그럼 조금만 참아."

차에 타려던 지강은 다시 제지하며 말했다.

"아저씨, 잠깐만요. 저 잊어버린 게 있어요. 버스에 다녀올게요."

지강은 재빨리 버스로 올라갔다.

은지는 차 안에서 지강이 내려오기만 기다렸다. 안에서 무슨 일이 있었는지 잠시 후 지강이 환한 얼굴로 버스에서 내려 트렁크에 몸을 웅크린 채 들어갔다. 아저씨는 트렁크 문을 조심스럽게 닫았다.

지강은 움츠린 채 꼼짝할 수 없는 자신을 받아들여야만 했다. 사방이 옥죄어오는 것 같았지만 은지를 생각하며 버텼다. 버틸 수 있었다. 버텨야만 했다. 은지를 지켜줄 방법은 이것뿐이니까.

자동차는 토사가 밀려온 갓길로 다시 가기 시작했다. 심하게 덜컹거렸지만 굴러가는 데는 아무 문제 없었다. 대화를 나누거나 숨 쉬는 데도 어려움이 없었다. 자갈과 모래 틈에서 아저씨는 차를 돌렸다. 타이어가 자갈과 모래를 거칠게 감아 밀치는 소리가 났다. 버스 안의 사람들은 모두 이 장면을 지켜보았다. 몇 번 핸들을 풀었다 폈다 하자 사륜구동 자동차는 갓길에서 반대 방향으로 돌아섰다.

"당신, 내가 이런 차 산다고 뭐라 그랬지? 이번에 제대로 써먹잖아."

"그러게 말이야. 개똥도 약에 쓴다더니."

"뭐? 수천만 원짜리 차가 개똥이야?"

"호호호! 아니야, 아무튼. 좋아. 아니었으면 오늘 하루 종일 버스 안에 갇힐 뻔했잖아."

타이어가 돌면서 자동차는 울퉁불퉁한 길을 거슬러 고속도로를 역주행하기 시작했다. 지나가던 행인들이 모두 쳐다보며 엄지를 세워주었다. 거친 토사 위를 지날 때면 전해지는 충격이 의자에 앉았을 때와는 비교가 되지 않게 컸지만 지강은 견뎠다. 멀미가 날 것만 같았다.

그때 지강의 어깨 위로 손이 하나 내려왔다. 은지의 손이었다. 뒷자리에 앉은 채로 좌석 등받이 너머 트렁크에 있는 지강의 어깨를 잡은 것이었다. 지강도 살그머니 손을 올려 은지의 팔을 잡았다. 굳게 잡은 그 두 손에 모든 의미가 담겨 있었다.

10여 분을 달리자 마침내 차는 급하게 경사를 내려가기 시작했다.

"조심해. 여기는 도로가 아니야. 경찰들과 군인들이 트럭 집어넣으려고 임시로 고속도로 가드레일 끊은 곳이야."

사륜구동 자동차가 그 사이를 뚫고 내려가자 경찰관과 군인들이 바리케이드를 열어주며 거수경례를 했다.

"충성!"

"수고들 해."

머리가 짧은 아주머니의 남편은 군인이었다. 그렇기 때문에 이렇게 고속도로에 들어올 수 있었던 것이다.

국도로 나오자 승차감이 갑자기 좋아졌다. 덜컹거리는 길을 10분 이상 달렸던 지강은 아스팔트길이 비단길 같은 느낌이었다.

"자, 병원입니다. 내리세요."

차는 병원 앞에 섰다. 신혼부부는 황급히 내리며 말했다.

"감사해요."

트렁크가 열리고 지강이 차에서 내렸다.

"학생들은 어디서 내릴 건가?"

"……."

"어디로 갈 거야?"

"저, 서울."

"그래, 그럼 시외버스 터미널에 내려줄게."

15분 뒤 지강과 은지는 버스 터미널 앞에 섰다. 두 아이는 말이 없었다. 하지만 서울로 돌아가야 한다는 사실만은 분명했다. 터미널에 물어보니 오후에는 고속버스 길이 뚫려 서울 가는 건 운행할 수 있다고 했다.

"그럼 서울 가는 표 주세요."

"연착될지도 몰라."

"오늘 내로만 가면 돼요."

표를 끊은 두 아이는 옹색한 대기실에 자리를 잡았다. 두 아이는 터미널에서 어깨를 기대어 잠이 들었다. 꿈에서 지강은 아버지 공장을 찾아갔다. 아버지는 화가 많이 나 있었다. 그런 아버지와 이야기를 해보려 했지만 대화가 되질 않았다. 그 순간 공장 한쪽 지붕이 무너져 내리며 아버지를 덮쳤다. 지강은 달려가며 소리쳤다.

"아버지!"

아버지의 위험 앞에서 지강은 절실했다. 아버지가 무사하기를.

흠칫 눈을 떴다. 은지는 지강에게 어깨를 내주고 스마트폰의 동영상을 보고 있었다.

"꿈꿨어?"

"응. 으응."

은지가 보는 동영상은 지강이 찍어온 은지 엄마의 김밥집 동영상이었다.

"네가 찍어온 거 보는 거야. 고마워."

"응. 별것도 아닌데."

조용했다. 지강은 모든 걸 깨달았다. 아직은 때가 아님을. 그리고 꿈속에서 아버지의 안위를 걱정하던 마음이 자신의 진심임을. 망설이다 지강은 아버지에게 문자를 넣었다.

아빠,
밥은 잘 잡숫고 다니세요?

문자를 보내고 나니 갑자기 조금은 성장한 것 같았다. 은지의
귀에 속삭였다.

"은지야. 우리, 나중에 더 커서 여행 가자. 아직은……."

"아직은 뭐?"

"아직은 내가 나를 책임질 수 없을 거 같아."

"응, 나도 그래."

은지는 말이 없었다. 잠시 후 은지는 들릴락 말락 하게 대답
했다.

"오늘 고마웠어."

목소리에 습기가 배어 있었다.

"울어?"

"아니. 트렁크에 들어가서 많이 힘들었지?"

"괜찮아."

"오늘 멋졌어. 고마워."

처음으로 남자다운 모습을 보여준 것 같은 지강이었다. 두 아
이는 그렇게 서로 기대어 젖은 몸을 말리며 버스가 오길 기다렸
다. 누군가를 지켜주는 감정, 그것은 책임감이었다. 스토리텔링
버스의 모든 이야기는 책임감에 대한 것들이었음을 지강은 문

득 깨달았다.

"나 아까 버스에 왜 올라갔는지 알아?"

지강이 나지막이 물었다.

"몰라."

"피아니스트 이야기 쓰신 김청강 작가 있잖아."

"응."

"사회복지사님한테 작가님 전화번호 땄어."

"왜?"

은지는 감기던 눈을 동그랗게 떴다.

"너 주려고. 작가님이잖아. 네가 글 쓴 거 한번 보내봐."

"……."

은지의 눈에 감동의 눈물이 고였다.

지강의 폰에 문자가 떴다.

아들.

웬일이냐?

아빠 잘 있다.

비상금 좀 있는 걸로 경상도 산골에 집 하나 장만했다.

아빠가 정리 좀 하면 올라가마.

문자 줘서 고맙다.

"뭐야?"

은지가 맑은 눈동자로 물었다.

"응. 우리 아빠, 드디어 꿈을 이뤘대."

지강은 자신도 모르게 입에서 미소가 실실 새어 나오는 걸 막을 수 없었다.

스토리가 책임 되어
그대를 지킬지니

· · · ·

　청소년들의 성문제가 심각하다고 합니다. 2020년도 질병관리본부가 조사한 성관계 경험률을 보면 고등학생의 경우 남녀 평균 7.3%로 나옵니다. 이 수치는 코로나로 인해 2019년도에 비해 줄어든 것입니다. 성관계 경험자의 피임 실천율은 66.8%로 전년도 58.7%에 비해 늘었습니다. 그나마 고무적인 현상입니다. 이는 청소년들이 책임의 중요성을 조금씩 인식하게 된 결과라고 생각하고 싶습니다.

　책임감은 청소년에게 요구하기 정말 힘든 덕목입니다. 타고나는 것이 아니라 훈련받고 꾸준히 노력해야 하는 습성이기 때문입니다. 어른들에게도 어려운데 질풍노도기의 청소년들에게 기대하기는 결코 쉽지 않습니다.

　그렇지만 최소한 상대를 존중하는 마음은 가져볼 수 있습니다. 청소년들이 이성 친구를 사귈 때 상대방을 먼저 생각하고 배려하는 마음을 갖는 게 정말 필요합니다.

저는 오래전부터 그런 이야기를 꼭 쓰고 싶어서 스토리들을 모았습니다. 여기에 있는 스토리들은 제가 언젠가 소설로 쓰려고 수집해 잘 쟁여두었던 재미나는 것들입니다. 독립적으로 살을 붙이고 뼈대를 심지는 못했지만 스토리텔링 버스 안에서 활짝 꽃이 피었습니다. 하나하나 의미가 있고 나름대로 소중한 이야기들입니다. 청소년들이 재미있게 읽고 다양하게 느낄 수 있도록 꾸며보았습니다.

책임감, 그것은 바로 사람을 사람답게 만드는 것입니다. 학교에서 배워야 할 가장 큰 덕목 가운데 하나가 책임감입니다. 저역시 장애가 있지만 책임감 하나로 여기까지 올 수 있었습니다.

스토리텔링 버스 안에 자신의 경험과 느낌, 그리고 생각을 넣어주세요. 그것은 스토리가 되어 여러분을 지탱하고 책임을 느끼게 해줄 것입니다.

이 책을 발간하는 데 큰 도움을 주신 인권 강사 손민원 선생님, 추천사를 써주신 한국국제스토리텔러 방동주 대표님께 깊은 감사를 드립니다.

2021년 봄 북한산 기슭에서
고정욱

추천사

"삶이 그대를 속일지라도 슬퍼하지 말기를……. 삶은 원래 그런 것. 그럼에도 불구하고 열심히 살아가는 당신에게 위로가 되어줄 한 권의 책 『스토리텔링 버스』가 바로 지금 도착했다."

이 책은 소통의 부재와 단절 속, 가정이란 울타리 안에서 오히려 상처와 고통을 받고 외로워하는 두 청소년 주인공들의 성장 이야기를 담고 있다. 이들이 자신의 상처를 회피하지 않고 어른 세대와 공감하려 노력하는 과정을 에피소드 형식으로 담백하게 보여준다. 아이들이 어떻게 어른의 삶을 객관적으로 바라보게 되는지 그리고 어떻게 성장하고 공감하고 소통하는지를 탄탄한 스토리 라인을 통해 보여준다. 그 소통의 핵심은 바로 상대방을 진심으로 이해하려고 노력하는 것, 타인의 삶을 그 자체로 받아들이는 것 그리고 최선을 다해 삶을 자신의 방법으로 살아가는 것이다. 나이가 많든 적든 우린 모두 삶에 있어서만큼은 서투르다. 그것을 인정하고 서로에게 애정을 가지고 마음으로 다가가려고 노력하는 것이 진정한 소통이며 관계의 책임감이란 것이다.

고정욱 작가는 냉철한 지성과 특유의 위트와 유머로 청소년들에게 인기 있는 작가다. 디지털 세대와 다양한 방법으로 소통하는 멀티태스킹 스토리텔러 작가이며 소통 전문가이기도 하다. 스토리텔러로서 작가는 마치 '스토리텔링 버스'의 운전수처럼 펜을 운전대 삼아 글을 쓰고, 글을 통해 독자들을 주체적인 삶에 대한 이야기로 자연스럽게 안내하고 있다. 또한 『스토리텔링 버스』가 주는 최고의 묘미는 바로 '스토리 속 스토리'다. 이 책에는 별책 부록 선물 같은 스토리가 옴니버스 식으로 숨겨져 있다. 이 속에 고정욱 작가의 실제 이야기가 숨어 있다는 사실 또한 이야기의 재미를 더해준다. '스토리 속 스토리'를 통해 이 책의 제목이 왜 『스토리텔링 버스』인지 알게 될 것이다.

작가는 말한다. 어쩌면 우리의 삶은 글쓰기와 같다고. 누구도 대신 써줄 수 없으며 삶을 살아가는 과정은 힘들지만 모든 것을 우리 스스로 익히고 살아가야 한다는 것을…… 항상 좋은 이야기를 찾아서 독자나 청자에게 전달해주는 것이 스토리텔러로 살아가는 소명이라 생각한다. 좋은 이야기란 마음에 감동을 주는 이야기다. 『스토리텔링 버스』는 청소년을 위한 이야기지만 청소년 자녀를 둔 부모나 아이들과 진정한 소통을 원하는 교육자분들께도 꼭 추천해드리고 싶다. 『스토리텔링 버스』를 읽는 순간 책의 감동을 통해 다른 사람들의 이야기에 더 귀 기울이고 관심을 갖게 될 것이다. 이 마법과 같은 시작을 여는 열쇠가 바로 『스토리텔링 버스』가 되길 기대하며…….

'스토리텔링 버스'의 다음 승객은 바로 당신. 이야기는 계속된다.

꿈꾸는 스토리텔러 방동주
(국제스토리텔러, 한국국제스토리텔러협회 대표)

『스토리텔링 버스』 청소년 평가단 사전 서평

친구들 일기장 보듯 읽다 보니 금방 읽게 되는 글이다. 이야기 속 친구들의 우정이 너무 좋아 보인다. 요즘에도 그런 친구들이 있을까? 나한테도 그런 친구들이 있을까? 반대로 내가 친구들에게 생긴 일도 내 일처럼 진심으로 대할 수 있을까? 버스에서 어른들의 이야기를 들으면서, 주인공들이 한층 더 성숙해졌을 거라 본다. 요즘 아이들의 때 묻지 않은 이야기들…… 친구들이 많이 읽어봤으면 좋겠다.

정성현, 신길중학교

힘들고 혹독한 환경에서 도망치고 싶었던 지강과 은지는 다른 사람들의 인생도 다르지 않다는 것을 깨닫고, 용기를 내어 현실로 돌아간다. 잘못 선택한 결정을 번복하고 되돌리는 것이야말로 용기 아닐까? 회피하고 도망치는 것은 누구나 선택할 수 있지만, 선택한 것을 되돌리는 일이야말로 용기라고 생각한다. 이 책을 읽고 코로나를 이길 수 있다는 용기와 희망을 얻었으면 좋겠다.

박상준, 고려대학교 사범대학 부속중학교

『스토리텔링 버스』의 주제는 '책임감'이다. 그러나 책 속 등장인물인 은지처럼 작가를 꿈꾸는 내게는 '책임감의 중요성'보다 이야기의 기승전결을 이끄는 요소들이 먼저 눈에 들어왔다. 이 책은 몰입력 높은 이야기로 무거운 주제를 재미있게 들려준다. 언제 어디서 튀어나올지 모르는 반전은 지루한 내용도 흥미롭게 만든다. 이 책을 읽으며, 그 사실을 새삼스레 깨달았다. 나도 스토리텔링 버스에서 신나는 이야기들을 귀 기울여 들어보고 싶다.

조은율, 근화여자중학교

책을 읽는 내내 눈물과 콧물 범벅이 되었다. 남녀불평등과 이혼 문제를 동시에 담은 책으로 차별에 대한 내용이 더욱 현실감 있게 와닿았다. 이 책의 자연스런 남녀차별 이야기를 통해 현실에서도 얼마나 심각한지 알 수 있었다. 그리고 두 주인공을 보면서 부모님도 정말 힘들겠지만 태어난 아이는 아무런 죄도 없기 때문에 이혼을 하더라도 아이를 웬만큼 키운 다음 해야 될 것 같다고 생각했다. 왜냐하면 태어난 아이는 부모님 중 한 분이 없다는 것에 큰 상처를 입기 때문이다. 지금 남녀차별 문제와 이혼 문제가 이슈가 되는데, 잘 엮어서 이야기로 만든 것 같다. 이 소설을 통해 삶에서 정말 중요한 것이 무엇인지 고민해본다. 가족과 가까운 사람들이 서로를 이해하고 사랑할 수 있으면 좋겠다는 기대를 해본다.

윤민환, 난우중학교

처음 '제목이 왜 스토리텔링 버스일까?'라는 의문이 들었는데 책을 읽을수록 이해가 되었다. 주인공들의 생각과 행동의 전환점이 되었던 시간, 장소 그리고 사람들의 이야기. 이야기는 생각과 행동을 변하게 하는 힘이 있는 것 같다. 많은 사람이 이 책을 읽고 자신과 다른 사람을 지킬 수 있는 책임감에 대해 생각하며 이야기 나누기를 권한다.

황의성, 용곡중학교

우연히 갇힌 버스 안에서 네 사람의 이야기를 들으며 은지와 지강이뿐만 아니라 나 또한 힐링이 되었다. 많은 교훈을 얻은 참 따뜻한 버스인 것 같다. 코로나로 힘든 이 시기에 나에게 따스함을 선사해준 작가님께 감사드린다.

홍세빈, 용곡중학교

마냥 밝게 상황을 헤쳐 나가는 단순한 캐릭터가 아닌, 힘든 상황에

선 무너지기도 하는 입체적인 인물들을 통해 전한 이야기들은 나의 어수선했던 생각과 행동을 경각심 어린 눈으로 되새겨보게 했다. 처음에는 다소 충동적이었던 두 주인공이 수많은 상황과 이야기를 접한 후, 관계 중 제일 작은 단위인 자신에 대한 책임을 생각하며 성장한 모습을 보여준 게 인상 깊었다. 그와 동시에 나도 같이 성장할 수 있었다.

김예린, 홈스쿨링

수많은 사연을 가지고 있었지만 남에게 이야기하지 못하고 혼자서 간직하고 있었던 사람들. 마음에 상처를 입은 두 청소년. 주변에서 쉽게 볼 수 있는 사회적 문제부터 글의 중요성에 관한 이야기까지, 제각각인 이야기들을 듣다 보면 어느새인가 버스에 올라타 사람들의 이야기에 공감하고 있는 자신을 볼 수 있을 것이다.

조연준, 길음중학교

『스토리텔링 버스』, 제목부터 호기심에 이끌리니 역시 단숨에 읽힌 책이다. 주인공 남녀는 고등학교 친구 사이로 서로의 상황을 이해하며 공감하게 되면서 자연스럽게 좋은 감정을 갖게 된다. 어느 날, 여행을 약속하고 떠난 길에서 하필 폭우를 만나 버스에서 1박을 하게 된다. 지루한 상황에서 제안한 누군가의 말에 하나둘 이야깃거리를 꺼내기 시작하는데……. 이 책을 통해 우리는 삶을 살아가며 누군가와 맺어진 관계 속에서 무언가를 갖게 됨을 확실히 알게 된다.

은지와 지강이는 도망치듯이 떠난 여행길의 버스 안에서 여러 이야기를 들으며 책임감에 대해 깨닫게 된다. 이는 둘이 한층 성숙해지는 계기가 된다. 책에서 이야기하는 것처럼 고난은 누군가가 나의 성장을 막는 것이 아닌, 촉진시켜주는 것이라고 생각한다. 굳세게 저항하고 가던 길을 간다면 말이다.

"그대가 고난을 받고 있다는 건 누군가 그대의 성장을 막으려는 거다. 굳세게 저항하고 가던 길 가라."

민지효, 장원중학교

그 외 참여해주신 청소년 평가단께 감사드립니다.

김도연(다산새봄초등학교), 김도엽(신서중학교), 김보경(장원중학교), 김승욱(영도중학교), 김예린(홈스쿨링), 김용우(대전 죽동초등학교), 김은솔(서현중학교), 김제중(장충중학교), 김지민(수유중학교), 김지훈(장충중학교), 김찬희(Grenville Schools), 김태흥(장충중학교), 김하은(양영초등학교), 민경록(장충중학교), 민지효(장원중학교), 박가민(나이지리아 한글학교), 박상준(고려대학교 사범대학 부속중학교), 박세아(청계초등학교), 박유은(홈스쿨링), 박장빈(장충중학교), 박한나(영림중학교), 박현민(나이지리아 한글학교), 방재현(신일중학교), 방지명(설봉중학교), 배정인(신릉초등학교), 송하윤(삼각산중학교), 우도균(백합초등학교), 유수현(Grenville Schools), 윤민환(난우중학교), 이동건(장충중학교), 이민재(덕수중학교), 이승규(장충중학교), 이승민(장충중학교), 이승욱(영도중학교), 이유찬(장충중학교), 이정민(삼각산중학교), 이해민(장충중학교), 장시우(대영중학교), 전하원(상명중학교), 정성헌(신길중학교), 정연규(신일고등학교), 정희원(창일초등학교), 조연준(길음중학교), 조은율(근화여자중학교), 조하윤(신월중학교), 최서웅(월평중학교), 최정훈(장충중학교), 하예원(리라아트고등학교), 홍세빈(용곡중학교), 홍연서(동국대학교), 황보유주(사직초등학교), 황의성(용곡중학교)

스토리텔링 버스

ⓒ 고정욱

초판 1쇄 인쇄일 | 2021년 5월 18일
초판 1쇄 발행일 | 2021년 5월 28일

지은이 | 고정욱
펴낸이 | 사태희
편집인 | 최민혜
디자인 | 권수정
마케팅 | 장민영
제작인 | 이승욱 이대성

펴낸곳 | (주)특별한서재
출판등록 | 제2018-000085호
주 소 | 04037 서울시 마포구 양화로 59, 화승리버스텔 703호
전 화 | 02-3273-7878
팩 스 | 0505-832-0042
e-mail | specialbooks@naver.com
ISBN | 979-11-6703-014-6 (43810)

※ 본문에서 인용한 <삶이 그대를 속일지라도>는 'KOMCA 승인필' 했습니다.